ミュリエルの旦那様

Ryo Hayase
早瀬亮

Honey Novel

Illustration

芦原モカ

CONTENTS

ミュリエルの旦那様

Honey Novel

「お父様、いかがですか？」

父の寝室は甘い独特な香りに満ちている。薬湯の匂《にお》いだ。甘い香りにごまかされてはいけない。一度飲ませてもらったら、とんでもなく苦かった。

「ミュリエル。だいぶん調子がいい」

大きなクッションを背にして、父は身体《からだ》を起こしていた。顔色もいいようだ。

「お食事もたくさん召し上がるようになったのよ」

寝台脇《わき》の椅子《いす》に座っていた母が、編物の手を止めて微笑《ほほえ》んだ。

「よかった」

ミュリエルがドレスの裾《すそ》をさばいて父の寝台の傍《そば》まで来ると、私の見立てもなかなかね、と母は自慢げに言った。ミュリエルが着ているドレスのことだ。ミュリエルの緑色の瞳《ひとみ》と淡いブロンドの髪にとても合っていた。

母の勧める淡いオレンジ色の生地を見た時はピンとこなかった。明るい色は嫌いではないけれど、どちらかと言えば寒色を選ぶほうが多く、こんなに明るく温かみのある色は選ばないからだ。だが、こうして仕立てて着てみたら、自分でも似合っていると思った。

「よく似合っているぞ。小さい頃はあんなにお転婆だったのになぁ」

月日が経《た》つのは早いものだ、と父がしんみりと言う。

「嫌だわ、お父様」

母とは反対側の寝台脇に行き、端っこに腰を下ろした。

「旦那様《だんなさま》、娘をからかうものじゃありませんよ」

そう言いつつ、母は笑っている。

母は父のことを『旦那様』と呼ぶ。声には愛情がたっぷり含まれていて、母が父を愛している証《あかし》なのだと思った。だから、ミュリエルはずっと、愛する人のことを旦那様と呼ぶのだと思っていた。夫や商家の主人を旦那様と呼ぶのだと知った時は驚いたけれど、自分が結婚して夫を持ったら、名前ではなく旦那様と呼ぶつもりだ。

ミュリエルの父であるパレネリア国のモラード伯爵は、戦いで負った右腕と右脚の矢傷が膿《う》み、高熱が出てから寝たきりになってしまった。

矢尻に遅効性の毒が塗ってあったか、よくないものが傷口から身体の中に入ったのかもしれません。医者はそう言っていた。体力をつけ、回復するのを待つしかないのだが、すでに三ヵ月が経とうとしている。

邸《やしき》の東側にある回廊で繋《つな》がった別棟に寝室を設《しつら》え、養生のため、父と母はそこで暮らしていた。介護専用の使用人を雇い入れたので、母がべったり父につき添っている必要はないのだが、母は父が傷を負ってからずっとつき添ってきた。

「いい加減、寝ているのにもうんざりしてきた」

笑って身動《みじろ》ぎした父は、すぐに顔を顰《しか》めた。傷がまだ痛むのだろう。本復までにはやはり時間がかかるようだ。特に、ほとんど動かすことのできない右手は、以前のようには動かないでしょう、と医者に言われていた。

弓の名手だった父は、二度と弓を引けない身体になってしまった。だが、命が危ういかもしれない、腕を切り落とさなければならないかもしれない、と聞かされたことを思えば、腕が動かなくても元気にさえなってくれればいい、とミュリエルは思っていた。

「ゆっくりしなさいと神様がお休みをくださったのでしょう」

「うむ。だが、そう言ってもいられなくなった」

あれを、と父が言い、母が封筒を出してくる。ミュリエルは受け取って差出人の名を見た。

「アニア叔母《おば》様から？」

ミュリエルの叔母アニアは、隣国エルゴラの豪商に嫁いでいた。手紙には、そちらにしばらく身を寄せたい、と書かれていて、小さな子供たちのいる叔母一家はすでにこちらに向かったようだ。

隣国エルゴラは内乱状態になっていた。

内乱が起きる以前の両国は国交も正常だったし、モラード伯爵家の所領は、エルゴラとの国境線に沿って細長く伸びているので、所領内からエルゴラに働きに行く者、逆にパレネリアに来る者も多かった。

パレネリアとエルゴラの境には大きな森があり、森の中央に流れている小川が漠然とした国境の役目を果たしていた。森を糧《かて》として暮らす両国の人々の間には独自の決まりが出来上がっていて、エルゴラの森の人たちとは仲良くやってきたのだ。

「パレネリアに入れるのでしょうか」

叔母たちが暮らすエルゴラの王都はパレネリアから遠い。森で暮らすエルゴラ人に聞いても、遠い王都のことはよくわからないようで、内乱がどんな状態なのか、こちらにはまったく情報が入ってこないのだ。

「迎えの兵を出してやりたいが、かえって目立つ。他国の領土を侵すことになるし、それをきっかけに戦《いくさ》が始まったら元も子もない。無事に国境を越えるのを祈るしかない」

「内乱なのに戦を仕掛けてくるのですか？」

内乱以降、国境の森からモラード家の所領に武装した盗賊団が入り込むようになった。神出鬼没の大集団はエルゴラの兵士崩れらしく、一気に襲って一気に撤退して森の中に逃げ込んでいく。

領民に死者が多数出て、父は兵を率いて討伐に向かった。だが、統率の取れた戦い方をする盗賊団にかなり手を焼いた。森にバラバラに逃げ込まれるとなすすべがない。父が怪我《けが》を負ってからは、副官のハロルドが兵の指揮を執っているが、ハロルドも対応に苦慮しているようだった。

「盗賊に見せかけて、エルゴラがパレネリアの領土に食い込もうと、画策しているのではないかと思える節もあるのだよ」

盗賊団程度では国王軍の派遣依頼はできない。国境に国王軍を置けば、宣戦布告と取られる可能性もあるからだ。国境には砦《とりで》があり、騎士団が駐留していた。だが、騎士の墓場と言われているその砦は、左遷されてきた者の吹《ふ》き溜《だ》まりで当てにできなかった。

そもそも、パレネリアは王位継承問題を抱えている。王族や主な貴族たちは利害関係で真っ二つに分かれ、王宮内ですったもんだしているのだ。父はどちらにも与《くみ》せず静観していた。地方貴族のモラード伯爵家は、発言力などないからだ。

父は所領内の状況を記した書簡を再三王都に送ったが、ろくに返事もないようだ。

王宮が当てにならないので、モラード家で間諜《かんちょう》を送り込もうか、という話も出たが、国内のドロドロした政治と無縁の田舎《いなか》貴族には、密偵に長《た》けた者は誰もいなかった。

「戦を仕掛けてくると決まったわけではない。近隣諸侯にも助勢を頼んである。盗賊が先兵だったとしても、エルゴラに隙《すき》を与えなければいいのだ」

でも、お父様のお身体では…。

ミュリエルの考えを察したのか、父は頷《うなず》いた。

「兵の数を増やして盗賊団を一掃せんことには、領民に被害が広がるばかりだ。こんな時期だがミュリエル、お前の夫を決めねばならんようだ。いつまでもハロルドにばかり任せてはいられない」

十七歳のミュリエルには三人の婿《むこ》候補がいる。

リンド男爵家の二男ハンス、スティング子爵家の三男ジョン、ボウエン伯爵家の二男クライブだ。盗賊騒ぎで、婿選びが延び延びになっていた。

「ミュリエル、お前は三人の中で誰を望む」

「私は……」

クライブ様が、と言いそうになり、名前を呑《の》み込んだ。

クライブ・ボウエンはミュリエルの四つ年上。父と親しいボウエン伯爵は、クライブとクライブの兄ナイジェルを伴い、モラード家によく遊びに来ていた。

婿候補にクライブの名が挙がった時は、本当に嬉《うれ》しかった。クライブ様に決まったらいいのに、と願っていたけれど…。

私と婚約したら、クライブ様が兵を率いなければならないんだわ。

父のように怪我をしたら、もし命を落とすことになったらと思うと、言い出せなかった。

それに、クライブ様は私との結婚を望まないわ。だって私、クライブ様にあんなことをしたんですもの。きっと私を嫌っている。憎んでいるかもしれない。

幼き日の記憶が蘇《よみがえ》り、ミュリエルは睫毛《まつげ》を伏せる。

ミュリエルには慙愧《ざんき》に堪《た》えない過去があった。ミュリエルとクライブだけが知っている出来事で、ミュリエルにとっては消し去ってしまいたい過去だった。

だが、それがきっかけとなって、ミュリエルはクライブに恋をした。

あの出来事以来、クライブは所用でモラード家に来ても、ミュリエルと顔を合わせようとしなくなった。会っても形式的な挨拶《あいさつ》を交わすだけ。

最初に避けたのは私なんですもの。クライブ様に謝ってもいない…。

謝りに行って罵倒《ばとう》されたらと思うと怖くて、クライブの姿を見ると逃げるようになってしまったから、クライブもミュリエルを避けるようになったのだ。

クライブへの恋心は誰も知らない。もちろんクライブも、だ。

「ジョナサンがいたら…」

黙してしまったミュリエルの代わりに、母がぽつりと呟《つぶや》いた。原因不明の病で早世したミュリエルの兄の名だ。生きていたら、クライブとナイジェルの間くらいの齢《とし》だ。

「それを言うな。神がジョナサンを望まれたのだ」

そう言う父も、母と同じ気持ちなのだろう。

「お母様、私はモラード家を継ぐ覚悟はできています。お二人のお傍で暮らせるんですもの、幸せよ。お父様がお決めになった方と結婚して、その方を支えます」

ミュリエルは努めて明るく言った。

父はハンス・リンドを選ぶだろう。リンド男爵家はハンスの兄が継いでいる。身体が弱く、ハンスがリンド家を継ぐ可能性が出てきたので婿候補話は消えかけていた。だが、ハンスは武術大会で上位に入った剣の使い手だ。兵を率いるにはもってこいの人物だから、父はきっとリンド男爵に頼み込むのではないだろうか。

ハンスは言葉遣いが乱暴で、ミュリエルはあまり好いていなかったけれど、伯爵家の跡継ぎとして生まれた自分の宿命なのだ、と思った。

ミュリエルは後悔していた。

クライブ様に謝って、許していただけるようにお願いするの。

そう思いながら、今日まで行動せずに来てしまったことを。時間はいっぱいある、機会はいくらでも作れる、と先延ばしにしてこの齢まで来てしまった。

私はなんて馬鹿だったんだろう。

婚約が決まったら、相手がクライブではなかったら、クライブと二人きりで会うことはできなくなってしまう。

「私が決めた相手でかまわないのだな」

ミュリエルは真剣な面持ちで頷き、足元に視線を落とした。

自分の人生が決まる瞬間だ。心臓が早鐘を打ち始める。

父はベルを鳴らして執事のノーマンを呼んだ。

「クライブはまだいるのか？」

「兵舎にいらっしゃるのではないかと」

ノーマンが答える。

「クライブ様はいつお見えになられたのですか？」

クライブの名前が出て動揺したミュリエルは、それを押し隠そうと母に聞いた。

「二日前の昼過ぎ頃だったかしら。ボウエン伯爵様からの見舞いの品を持参してここに挨拶に来たわ。知らなかったの？　ミュリエルはガーデンにいるから声をかけてやってね、と言ったのだけど……」

二日前……。ジョン様とガーデンにいた時だわ。

モラード家に来ても、クライブからミュリエルに声をかけることはまずない。だが、クライブのことだ。母に言われてガーデンまで足を運んだはずだ。

ジョンは花や菓子を持って足繁く通ってくる。面会を断ろうにも、ミュリエルに確認せず乳母《うば》のマーサが案内してきてしまう。招き入れてしまえば無下にもできない。なので、来ると仕方なく相手をしているが、これがかなり苦痛だった。

美しいだの、綺麗《きれい》だのと、詩的な表現を使ってミュリエルを持ち上げることを延々繰り返すからだ。

ジョンと二人でいるのを見て、クライブは遠慮したのだろう。

クライブ様とお話しできる絶好の機会だったのに、ああ、ジョン様の相手なんてしなければよかった。

頭の中で自分を罵《ののし》っていたミュリエルは、クライブをここに呼んでくれという父の声に、えっ？ と顔を上げた。

「クライブにお決めになったのね、旦那様。あの子なら申し分ないですわ。あら、あの子だなんて言ってはいけないわね。もう立派な貴公子ですもの」

クライブ様が…、クライブ様が私の婚約者に、夫に？ 本当に？

頬《ほお》をつねってみたくなる。

「ミュリエルも、異論はないな」

父に念を押され、ミュリエルは何度も頷いた。異論などあろうはずもない。

クライブ様の妻になれるなんて、夢みたい。あの方が私の旦那様に…。

「クライブはうんと言ってくれるでしょうか」

舞い上がっていたミュリエルは、母の言葉に冷水を浴びせられたようになった。

クライブが承諾するとは限らない。断られる可能性のほうが高いのだ。

落ち着くのよ。

上がったり下がったりする感情を抑え、クライブを迎えるべく、ミュリエルは緊張の面持ちで立ち上がった。

ほどなくしてクライブがやってきた。剣の訓練をしていたのだろう、鼻筋の通った端整な顔にかかった黒髪が、汗で濡《ぬ》れている。

小柄で細かったクライブは十三の齢からにょきにょきと背を伸ばし、今では彼の兄ナイジェルよりも長身で、がっしりとした身体つきの堂々たる貴公子となった。だが、歩く時、ほんの少し左足を引きずっていた。子供の頃に脚の骨を折ったからだ。

クライブの黒い瞳がミュリエルを捉《とら》えた。心臓が飛び出しそうになる。ミュリエルは声をかけようとしたが、クライブは目礼しただけで、父の寝台へと進んでしまう。ミュリエルは開きかけた口を閉じるしかなかった。

「このような姿で、申し訳ありません」

「気にするな。兵の訓練をしてくれていたのだろう。面倒をかける」

「お加減は？」

「うん、今日は調子がいい」

安堵《あんど》いたしました、と言いつつ、クライブはにこりともしない。これが彼の常で、言葉数も少ない。

「来てもらったのはほかでもない。クライブに頼みがあるのだ」

「私にできることでしたら」

「ミュリエルの婿になってもらえないだろうか」

クライブは目を見張った。想像もしていなかった、という顔だ。

「受けてくれるか？」

父が問う。

クライブは瞑目《めいもく》した。思案しているようだ。

二つ返事で答えが帰ってくるとは思っていなかった。躊躇《ちゅうちょ》するのは当然だ。だが、上手く断ろうとして言葉を探しているのではないかと思えてくる。

ミュリエルは胸に手を置き、断らないで！　と心の中で祈った。

しばしの間を置いて…、それはミュリエルにとっては、とても、とても長い時間だったけれど…。

「はい、お受けいたします」

クライブが頷いた。

ああ、神様！

ミュリエルは胸に置いた手を握りしめた。

「ありがたい。よく決心してくれた」

満面の笑みで伯爵は左手を差し出した。クライブは伯爵の手を、両手で包み込むように握った。

「息子ができて嬉しいわ」

母がクライブを抱きしめる。棒立ちのクライブに母がしがみついているという抱擁なのだが、それでも羨《うらや》ましい。

ずるいわ、お母様。

ミュリエルは母に嫉妬《しっと》しそうになって、二人から視線を外した。

「めでたい、本当にめでたい」

「ミュリエル、おめでとう」

母の祝福にはっとした。

「えっ、ええ、ありがとう、お母様」

顔を上げると、すでにクライブは母から解放されていた。

ミュリエルはクライブの前まで行き、胸にいっぱい詰まった気持ちを伝えようとした。

「クライブ様、私…」

言葉にならなかった。この喜びを、どう表現すればいいのか。嬉しい、の一言ではとても足りない。

涙ぐんだミュリエルに、クライブはいつもの無表情な顔で小さく頷いた。クライブからは小指の先ほどの喜びも窺《うかが》えなかった。

クライブ様は私との結婚を望んでいらっしゃらないみたい。

「モラード伯爵の代わりになれるとは思えませんが、兵の指揮を務めます」

父に向き直ったクライブが淡々と答える様子に、やっぱり、とミュリエルは思った。命令が下ったから、それに従っているだけにしか見えない。

「おいおい、指揮官を任命したのではないのだぞ」

苦笑いする父にクライブは、不調法で、と真顔で答えている。

「いや、いいのだ。このような状況下だ。そう言ってもらえるとありがたい。実際、私の代わりに兵を率いてもらいたいのだから、申し訳ないと思っている」

式の日取りなどは追って決めようという父の言葉に、クライブは頭を下げ、長居はお身体に障るでしょう、とあっさりと暇乞《いとまご》いをする。

この機会に謝ろうと思ったミュリエルは、出ていこうとするクライブを引き止めようとして躊躇《ためら》った。両親の前では話しにくい。

「クライブ、今日からは邸の部屋を使ってくださいね」

母が声をかけると、クライブは困ったような顔をした。嫌だとは言わないが、使いたくないのがありありとわかる。

「あなたは次期モラード伯爵となったのですから、兵舎で寝泊まりはいけませんよ。それと、今夜はささやかなお祝いをしようと思います。一緒にお食事を楽しみましょう」

モラード家に来ると、クライブはいつも兵舎に泊まる。食事も邸の食堂ではなく、兵士たちと摂《と》っているのだ。

母には抵抗しても無駄だとわかっているのだろう。クライブは素直に頷いた。

「さ、もういいわよ、行きなさい。後でゆっくり語らいましょう」

母が笑うと、クライブは一礼して去った。

「クライブは相変わらず口が重いな」

「よい若者ですわ。だから旦那様も彼を選んだのでしょう？」

「もちろんだとも」

身体を動かせなくてくさくさしていた父は、上機嫌になっていた。クライブの了承を得て悩みがひとつ解決し、気分が晴れたのだろう。

「ボウエン伯爵家へのお手紙は、私の代筆でよろしいかしら」

「そうだな。頼もうか」

「リンド男爵とティング子爵にも、モラード家の婿が決まったとお断りのお手紙を送らねばなりませんね」

二人はこれからのことを決めるのに夢中になっている。ミュリエルの存在を忘れてしまっているようだ。

「お父様、お母様、私もこれで失礼します」

ミュリエルは早口で告げると、両親の返事も待たずに寝室を出てクライブを追った。

「クライブ様！」

広い背中に向かって呼びかけると、回廊を歩いていたクライブは足を止めて振り返った。

「お受けくださってありがとうございます」

ミュリエルが膝《ひざ》を折るとクライブは、礼を言われることではないというように、いや、と一言だけ言った。

「でも、モラード家は大変な状況で…」

言いかけて、あえて言うことはなかったと尻《しり》すぼみになる。

クライブが兵の訓練に立ち会っているのは、モラード家を思ってのことなのだ。兵士といっても半分は一般の領民だ。普段は鍛冶屋や馬具屋や農民、飯屋の主《あるじ》でありその息子で、剣を持つことはない。モラード家が抱える兵士の数は少ないので、モラード伯爵家と自分たちの暮らしを守るため、彼らは志願してきてくれたのだ。

クライブが彼らに剣の稽古《けいこ》をつけるのは、愛する家族のもとに、無事に戻してやりたい気持ちがあるからだ。

話は終わったとばかりに立ち去ろうとするクライブの行く手を、ミュリエルは阻んだ。

「待ってください。お話ししたいことがあるのです」

今伝えなければ、と必死だった。

「クライブ様、私、よい妻になれるよう努力します」

笑顔で伝えると、クライブはわずかに目を細めた。

何かお気に障ったのかしら…。

「どうかなさいました？」

「…なんでもない」

「あのっ……」

言いたいことは山ほどある。なのに、身を乗り出していざ口にしようとすると、どこから話せばいいのやらまとまらない。こんなにも近くで言葉を交わすことがなかったので、緊張しているのだ。

クライブは怪訝《けげん》な顔をしたものの、ミュリエルが話しだすのを待っていた。早くしろと急《せ》かすこともなく、回廊の隅に飾られている花を眺めている。

呼び止められたから仕方なく足を止めたのではないか。早くしろと思っているのではないか。クライブが内心どう思っているのか、表情からはまったく窺えないので、余計に怖くなってしまう。

ダメよ、クライブ様に謝らないと！

幼き日のことをずっと後悔しているのだと伝えなければ、とミュリエルは気持ちを奮い立たせた。意を決したミュリエルが口を開こうとすると、なぜかクライブが手を翳《かざ》して止めた。

「捜している」

「え？」

ミュリエル様、と呼ぶ声が聞こえた。呼んでいるのはマーサのようだ。声が次第に近づいてくる。

「来るようだ」

クライブは声がするほうとは逆のほうへ、すたすたと歩いていってしまう。

「あ…」

引き止めるために伸ばした手を、ミュリエルはこらえるようにぐっと握りしめた。止めても無駄なのはわかっていたからだ。

マーサはクライブをよく思っていない。それを、クライブの前であからさまに表に出したりもする。もちろん、他家の貴公子に対しての態度ではないと、マーサには何度も注意している。母からも叱《しか》ってもらった。だが、一向に直らないのだ。

マーサはエルゴラの下級貴族の娘だったと母から聞いたことがある。家が没落し、夫も子も持つことなく、流れ流れてパレネリアに来たらしい。苦労もたくさんしたのだろうが、ミュリエルには愛情深いよい乳母だ。

けれど、その愛情が問題だった。ミュリエルを守るのが自分の役目だと思っているのか、自分が気に入らないクライブをミュリエルから遠ざけようとするのだ。

婚約が決まったのを、ノーマンから聞いたのだろう。

クライブの広い背中が遠ざかっていくのを見つめ、せっかくのチャンスをふいにしたミュリエルは深い溜息《ためいき》をついた。

「ミュリエル様、こんなところにいらしたのですか」

マーサと侍女二人が小走りでやってきた。

「ご婚約が決まったというのは、まことでございますか？」

案の定だ。

「ええ、先ほどお父様がクライブ様にお話しになったの」

「ああ、なんてことでしょう」

マーサは両手を組んで天を仰ぎ、この世の終わりが来たように嘆いた。侍女二人も顔を曇らせている。

「お館様《やかたさま》は、ご自分の代わりに兵を率いる方を望んでいらっしゃるのですね。でも、ミュリエル様の幸せはどうなるのですか？」

「マーサ、私も…」

納得しているの、と言いかけると、マーサはミュリエルをぎゅっと抱きしめた。幼子をあやすように髪を撫《な》でる。

「わかっていますよ。ミュリエル様がナイジェル様をお好きなことを、マーサはよぉーく知っていますから」

「違うのよ、マーサ」

ナイジェルが好きだなどと、一度も言ったことはない。

「いいのです。何もおっしゃらなくても。ミュリエル様のことは、マーサはなんでも知っているのですから。私は悲しくて…」

マーサは涙声になっている。こうなると、落ち着くまで何を言っても聞きはしない。

「ナイジェル様はボウエン伯爵家の跡取りですから、ミュリエル様の婿にはなれません。ならば、ミュリエル様を大事にしてくださる方がいいではないですか。どうしてお館様はジョン様をお選びにならないのでしょう。あの方はナイジェル様のようにお優しい」

「私たちにも気安くお言葉をかけてくださいます」

侍女たちも声を揃《そろ》えて言う。

「確かにお優しいけれど…」

「ミュリエル様を好いてらっしゃるのですよ」

ジョン様が足繁く通ってくるのは、私を好きだからじゃないのよ。少しはそんなお気持ちもあるかもしれないけれど…。

ジョンはティング家の三男だ。二男ならば跡継ぎになれる可能性も残っているが、三男にはまるっきり希望がない。残された道は他家へ婿として入るか、近衛隊やどこかの騎士団に所属して兵となり、自分の身を立てるしかない。

学問所で成績がよければ学者になる手もある。商売に向いているのなら、貴族を捨てて商家に婿に入るなり、自ら商売を始めてもいい。

しかし、ジョンは凡庸《ぼんよう》なのだ。

頭がいいわけでも、商才があるわけでもない。剣も槍《やり》も弓も、上手く使えるとは聞いていない。ジョンも自分でそれを理解しているから、伯爵家に婿入りできる機会を逃したくなくて必死なのだ。

優しい。それだけで伯爵家は継げないのだ。厳しい判断を下し、父のように自分の身体を張って領民を守らねばならないのだから。ジョンに兵を率いるカリスマ性がないのは、ミュリエルにもわかる。

「ハンス様だっていらっしゃいます」

「あの方はご実家のことがあるから…」

「ですが、クライブ様はモラード家においでになっても兵舎に入り浸りで、ミュリエル様にお会いにもならないではないですか」

「お父様の代わりをしてくださっているのよ。兵士の訓練は今のモラード家にはとても大事なこと。兵士たちからも慕われているわ」

クライブ様が婿に来られたらいいんだがなぁ、と兵士たちが話しているのを聞いたことがあったし、クライブが顔を出すのを楽しみにしているようだ。

「剣を振り回すことがお好きだからでしょう。昔からそうだったではありませんか」

「マーサ、あれはっ！」

違うのよ、と言いかけてやめた。誰にも言わないと約束したからだ。

「にこりともなさらないし、何を考えていらっしゃるのか、私にはさっぱり」

「そういうことは言わないで」

「私は我慢ができないのです。お優しいミュリエル様は、ご自身の幸せよりも、モラード家のことを第一にお考えになって、ご自分を犠牲になさって…う、うぅぅ…」

マーサはとうとうハンカチで目頭を押さえた。

「犠牲だなんて…。お父様がお決めになって、私もクライブ様ならと納得したの。喜んでくれないの？」

「どうして喜べましょうか！」

マーサは叫んだ。隣にいる侍女たちも真剣な面持ちで頷いている。

ミュリエルを控えめで従順な娘だと思っているマーサは、父に言われるがまま、我慢して結婚するのだと思い込んでいるのだ。

私がいけなかったのね。私のこれまでの態度が、誤解を生んでしまった。

だから、ミュリエルもこれまでマーサに強く言えなかったのだ。しかし…。

「そんな方と結婚されても、幸せになれないではありませんか。マーサがお館様にお話し申し上げます。どうしてあのような方をお選びになったのかと…」

「やめて！　あのような方だなんて、二度と言わないで！」

かっとなったミュリエルは叫んだ。大好きなクライブを悪しざまに言われることが耐えられなかったのだ。

物静かでおとなしいミュリエルが声を荒らげたことに、マーサは驚いた顔をした。

「ごめんなさい。大きな声を出して。でも、クライブ様は私の夫になられる方なの」

「まだ決まったわけではございません」

マーサは納得できないようだ。

「そうかもしれないけれど…」

「そうでございます」

「だけど、噂話《うわさばなし》はやめてほしいの。モラード伯爵家の品位が問われることだから」

あなたたちも、とミュリエルは侍女のほうを向くと、二人は俯《うつむ》いた。真面目《まじめ》に働いてくれるが、このところマーサの腰巾着《こしぎんちゃく》のようになっている。

邸に長く勤めているマーサは、使用人たちに影響力を持っている。さらに、自分の考えを皆に押しつける悪いところがあった。マーサがクライブを好ましく思っていないので、皆それに同調してしまうのだ。

モラード家では、マーサや侍女たちの差配は執事のノーマンではなく、伯爵夫人である母の役目になっている。別棟で父につき添うようになってから、マーサたちに母の目が行き届かなくなっているのだ。

私がもっとしっかりしなくてはいけないのに……。

父の体調は徐々によくなっているものの、ここに来て一進一退で、快癒までには時間がかかりそうだ。母が動けない今、皆の意識を変えるのは自分の仕事だ、とミュリエルは自分に言い聞かせる。

「誰だって陰で噂されるのは嫌でしょう？」

「それはそうですが……」

「クライブ様は多分、噂されていることをご存じでしょう。あの方がそれについて何もおっしゃらないのは、使用人の噂話など些末《さまつ》なことだと気にも留めていらっしゃらないからなの。お心の広い方なの。でも、他の方なら罰を与えるか解雇するよう、お父様に進言するでしょうね」

注意されると思わなかったのだろう、マーサは唇を震わせ、侍女たちは青ざめた。

「クライブ様はいずれモラード家の主に、あなたたちの主になられる。お願いよ。これからは、私に仕える以上に、クライブ様に仕えてほしいの」

「あれでよかったのかしら。もっと厳しく言えばよかったのかしら」

ミュリエルには判断がつかなかった。

「私がどんな子供だったか、マーサは忘れてしまったのかしら……」

ミュリエルは幼い頃、お転婆で非常に我儘《わがまま》な娘だった。兄が亡くなっていたから、両親も邸の使用人たちもミュリエルを大切にしたし、元々兄の乳母だったマーサは特に甘かった。両親には時々叱られたが、邸を離れていることも多く、不在の間はどんなに我儘に振る舞っても叱られることはなく、諌《いさ》められることもない。だから、言いたいことを言い、やりたいことをやって、好き勝手に行動する娘だったのだ。

ナイジェルとクライブのボウエン兄弟は、モラード家によく遊びに来ていた。ナイジェルはハンサムで優しくて愛想もよく、自分を構ってくれるナイジェルが、ミュリエルは大好きだった。そつのない貴公子で、モラード家の使用人たちにも好かれていた。対してクライブは、寡黙な子供だった。

ようこそ、とおめかしして出迎えたミュリエルに、挨拶するだけで微笑みもしない。外見はよく似ているのに、クライブはナイジェルのように機嫌を取ってくれない。ミュリエルが話しかけても、気の利いた返事をするわけでもなく、ただそこにいるだけで話しかけてもこなかったのだ。

ミュリエルはそんなクライブが嫌いだった。いつもナイジェルにまとわりつき、クライブを無視していた。

「とても嫌な子だったわ…」

当時の自分を振り返ると、恥ずかしくて死んでしまいたくなる。

ミュリエルに無視されても、クライブは文句を言うわけでも、悲しそうな顔をするわけでもなく、ミュリエルがナイジェルと遊んでいても、羨ましそうな顔もせず、仲間に入れてほしいとも言わない。ただ、遠くから見ていた。そんな澄ましているようなクライブが、腹立たしくて仕方がなく、ミュリエルはどんどんクライブを嫌いになっていった。

あれは、ミュリエルが六歳、クライブが十歳の時だ。

邸の壁に飾られていた細い剣を、ミュリエルはこっそり持ち出した。危ないから絶対に触ってはいけないと言われていたが、そんなことを聞くような娘ではなかったのだ。

切れ味のよい剣は、軽く撫でただけで木の葉や花が地面に落ちた。ガーデナーが丹精込めて世話をしていると知りながら、舞い散る木の葉や花が面白くて、振り回しながら庭を歩き回り、しまいには、両手で剣を持って身体をぐるぐる回転させて切り落としていた。

そして、事故は起こった。

夢中になっていたミュリエルは庭を散策していたクライブに気づかず、クライブもまさかミュリエルが剣を振り回しているとは思わなかったのだろう、木陰から出てきたクライブの左腕を、ミュリエルは傷つけてしまったのだ。

剣を握る手に、嫌な感触が伝わった。そこにはクライブがいて、いつも無表情な顔を顰めて立っていた。白いシャツの袖《そで》が血で赤く染まっていくのを見て、何が起こったか、自分が何をしたかを知った。

ミュリエルは手にしていた剣を投げ捨てた。怖くて逃げ出したかったけれど、足が竦《すく》んで動けなかった。

「誰か…」

助けを呼ぼうとすると、呼ぶな！　とクライブが右手で左腕を押さえながら言った。手首に巻いて結んであったハンカチを当てようとすると、構うな！　と拒絶する。

「でも、血が…」

「誰にも言うな。絶対だ！　わかったか！」

クライブの迫力に気圧《けお》されて、ミュリエルは何度も頷いた。

「約束しろ！」

「…約束する」

「絶対に言わないか！」

「言わない」

泣きそうになりながらミュリエルは言った。

「わかったなら、行け」

そう言われても、このまま去ってしまっていいのだろうか、と戸惑った。

「行け！　早く！」

絞り出すようなクライブの声に、ミュリエルは身を翻した。邸まで一目散に駆け、自分の部屋に飛び込んだ。

とんでもないことをしてしまった。いつもの悪戯《いたずら》では済まされないことだ。父から大目玉を食う。

クライブのことよりも父に叱られる自分のことばかり考え、部屋の隅で小さくなっていたのだ。

だが、心配は杞憂《きゆう》に終わった。父に呼び出されることも、叱られることもなかったのだ。

血まみれで邸に戻ってきたクライブ様は、申し訳ありませんと言ってお館様に剣を返したのだそうですよ、とマーサから聞いた。モラード家の剣を勝手に持ち出し、庭で振り回し、クライブは自分で自分を傷つけたことになっていたのだ。

バレなかった、と最初のうちは安堵していたミュリエルだったが…。

「ガーデナーが丹精込めた庭木や花を、剣で切り刻んでいたのですよ。なんて恐ろしい」

マーサが眉《まゆ》を顰《ひそ》め、身体を震わせた。

マーサは大袈裟《おおげさ》に言っているだけだと思ったが、他の使用人たちも固い表情でクライブの噂をしているのを聞いて、剣で葉や花を落とすのはそんなにいけないことだったのか、とミュリエルは知った。

私がしたのだと皆が知ったら…。

マーサや使用人たちはどんな目で自分を見るのだろうか。これまで我儘ばかり言ってきたけれど、陰で噂していたのだろうか、と怖くなった。その時やっと、ミュリエルは他人の目を意識するようになったのだ。

クライブが邸に来るたび、あのことを話すのではないかとミュリエルはびくびくし、クライブを徐々に避けるようになった。

それから季節をいくつか過ぎ、もうひとつ、大きな事件が起こった。

ミュリエルの被《かぶ》っていた帽子が風で飛ばされ、木の枝に引っかかったのだ。その時、ナイジェルは母に呼ばれて傍にいなかった。ミュリエルが自分で取ろうと木に登り始めると…。

「待て」

クライブが走ってきて止めた。

「下りろ！」

「平気よ。自分で取れるもの」

傍に来てほしくないのもあって、クライブが止めるのも聞かず、クライブから逃げるように登った。挙句、ミュリエルは足を滑らせて落ち、ミュリエルの下敷きになったクライブは左脚の骨を折った。

当時はまだ小柄で、落ちてきたミュリエルを受け止めきれなかったのだ。

クライブは自分が帽子を取ろうとして落ちたのだと話し、ミュリエルが木に登ったことを言わなかった。そして、この怪我で、彼は足を少し引きずるようになってしまったのだ。

腕を傷つけ、罪を着せて素知らぬ顔をしてしまったこと。さらに、今度は足を引きずるようになる怪我までさせてしまったこと。

我儘いっぱいに育ったミュリエルも、なんて酷《ひど》いことをしてしまったのだろう、と自分の行いを恥じた。

クライブが庇《かば》ってくれたから、他家の子息を傷つけるような娘だと噂にならなかったし、木から落ちても怪我することなく済んだのだ。

ごめんなさいって言わないと。

何度も思った。何度も、言いに行こうとした。

けれど、お前のせいだと怒鳴られるのが怖くて、ミュリエルはクライブを見ると逃げるようになってしまい、これが、マーサを勘違いさせるもとになった。

ミュリエルがクライブを嫌って、避けていると思ったのだ。

ミュリエルをおとなしくて控えめだとマーサは言う。どこに出しても恥ずかしくない伯爵令嬢だと。

そう言われるたび、いいえ！　と叫びそうになる。

マーサが顔を顰めてクライブの行動をなじるたび、違う、と何度も言おうとした。そのたびに、クライブの声が頭の中に響いた。

絶対に言うな！

今では十分すぎるほどわかる。

「幼くても、あの方は立派な貴公子だった。私を庇ってくださった。それなのに私は…」

愚かだった。

クライブが足を引きずるようになってから、自分の行動が周りからどう見られているのか、どう思われているのか、これまで以上に気にするようになった。ミュリエルのお転婆は鳴りを潜《ひそ》め、次第に控えめで淑《しと》やかな娘へと変わった。勉強にも習い事にも励むようになった娘を、父と母は年頃になって変わったのだと大層喜んだ。

そうしていつしか、ミュリエルは遠くからクライブの姿を目で追うようになった。

クライブは感情が表に現れないだけで、ナイジェルによく似た端整な顔立ちだ。ナイジェルよりも凜々《りり》しく、男らしくなっていくクライブに、ミュリエルが恋するのはあっという間だった。

「本当はお優しい方…」

誤解される原因を作ったのは自分だ。ミュリエルはクライブのよさをわかってもらおうと努力したが、成果は出ていない。クライブを庇う優しいミュリエル様と言われ、自分の評価が上がるだけだったのだ。

「私はいい子でもなんでもない。人目が気になって、引っ込み思案になっただけ。自分のせいで誰かが怪我をするかもしれないと怖くて、行動しなくなっただけ。謝罪もできない、ただの意気地なし」

マーサに強く言えないのもそうだ。注意をすれば、また我儘になった、昔に戻ってしまったと使用人たちに思われるのではないかと怖いからだ。

二人は年頃になり、クライブはミュリエルの婿候補になった。

その頃には、クライブがモラード家に来てもミュリエルに会うことはなくなっていた。兵士たちと剣を交え、遠乗りに出かけ、邸に用意された部屋は使わず、兵舎で寝泊まりしていた。謝りたいと思っても二人きりで会える機会はなく、遠くからこっそり姿を眺めることしかできなかったのだ。

「クライブ様に謝罪するの」

ああ言おう、こう言おうと考えながら何年も経ってしまったけれど、夕食が済めば、二人きりで話すことができる。

「ずっとあなたが好きだったたって伝えるの。信じてくださるかしら。クライブ様は、私のことを嫌っていらっしゃるかもしれないけれど…」

呟いて、ちょっぴり涙ぐむ。

我儘で意地悪な娘だったのだ。自業自得だ、と思う。こんな自分にクライブが好意を持ってくれるはずはないのだ。

「でも、精一杯気持ちを伝えて、心からお仕えすれば…」

いつか、自分のことを好きになってくれるだろうか。

「お傍にいられるんですもの。それ以上望んだら我儘だわ。妻になれるだけで幸せよ」


クライブとテーブルを囲むのはいつ以来だろう。

食卓が少しでも華やかになれば、会話が弾むかもしれない。テーブルに飾る花を庭で選びながら、ミュリエルはわくわくしていた。クライブとの時間を想像すると、口元が緩んでしまう。

必要な分の花を切って邸に戻ると、使用人たちが右往左往していた。

「何事？」

「ハロルド様から至急の伝令が来ました。今、お館様のお部屋にクライブ様も」

ノーマンは緊張した面持ちで言った。あまりよくない知らせのようだ。ミュリエルがドレスの裾を乱しながら父の寝室に赴くと、中から厳しい表情の母が出てきた。

「お母様！　ハロルドからの知らせとは」

「増兵の要請が来ました」

兵士は交代で休養を取らせるようにしているが、盗賊団がいくつにも分かれて所領内を荒らし回り、兵士の数が少なくて対応できない状況なのだという。

「残っている兵をすべて率いて、クライブに向かってもらうことになりました」

「そんな……」

ミュリエルは母が引き止めるのもかまわず、父の寝室の扉を開けた。

クライブと三名の兵士がいた。そのひとりは伝令だろうか、汗まみれで今にも倒れそうな様子だ。奥の寝台に身体を起こした父は、朝方の元気さが嘘《うそ》のように顔色が悪くなっていた。

室内は緊張に包まれていた。ミュリエルが入ってきたことに皆気づいていても、誰ひとりとして意識を向ける者はいない。

ついさっきまで、楽しい食卓にしようなどと考えていたのに。

「全権をクライブに渡す。あとは君が指示してくれ」

「はっ！」

父の言葉に、クライブは直立姿勢になる。きりりとした横顔だ。

クライブ様が行ってしまわれる。

ミュリエルは兵を率いるクライブを憂いた。

「モラード伯爵代理として指示を出す。君にはボウエン家との所領境まで走ってもらいたい。我が兄ナイジェルがボウエンの兵を待機させているはずだ」

クライブにしては非常に長くしゃべった。

「ボウエン伯爵家の兵も、我らと一緒に戦ってくださるのですか？」

兵士の表情が明るくなる。

「いや、モラード家のほぼすべての兵を率いていくと、邸の守りが手薄になる。そのための援軍だ。何ヵ所にも出没しているのだ。この辺りまで入り込んでくる可能性もある。我々の出立《しゅったつ》までには間に合わないだろうが、できるだけ早くこちらに着くよう伝えてくれ」

「わかりました」

兵士は父に一礼すると勢いよく出ていく。

「今から書簡を認《したた》めるから、君はそれを砦のフィッシャー騎士団長に届けてくれ」

「砦ですか？」

指示されたもうひとりの兵士は嫌そうな顔をした。砦の騎士団はあまりいい噂を聞かないからだ。

心配するな、とクライブが笑った。

クライブ様が、お笑いになった。

ミュリエルは驚いた。そんなクライブを未《いま》だかつて見たことがなかったからだ。だが、兵士には当たり前のことのようだ。クライブ様からだと言えば砦の門が開くのですね、と意気込んでいる。

自分の知っているクライブはほんの一面なのだ。兵士たちにはいろんな姿を見せているのだろうか。

私には笑ってくださらないのに……。

恨みがましく思って、こんな時に何を考えているの、と自分を諫める。

「盗賊団がもっと大掛かりに攻めてくるかもしれん。ハロルドからの書簡では、手当たりしだいになってきているようだ。被害も大きくなっているらしい」

「やはりエルゴラの兵なのでしょうか」

「はっきりしたことはわからん。とにかく長引かせず、一気に殲滅《せんめつ》させたい。いざという時には騎士団の力を借りねばならない。必ずフィッシャー殿に渡してくれ」

「はい！」

父はクライブと兵士のやり取りを、目を細めて見ていた。

「では、我々は準備が整い次第、出立いたします」

頼むぞ、と父が重々しく言うと、クライブはミュリエルには一瞥《いちべつ》もくれず、兵士たちと話しながら寝室を後にし、扉が閉まった。

「心配するな、ミュリエル。無事に戻ってくる」

閉まった扉を、ミュリエルは両手を組んで祈るような姿で見続けていた。

剣や弓を学べば一緒に戦えたのに、無事を祈ることしかできない自分が歯痒《はがゆ》い。

「婚約の祝いはクライブが戻ってきてからだな」

婚約といっても仮で、口約束をしただけだ。なのに、クライブはモラード伯爵家のために戦いに向かおうとしている。

「お父様。クライブ様に腕輪を贈ります。お許し願えますか？」

パレネリアの結婚式では、男性から女性に指輪を、女性から男性には腕輪を贈るのが習わしだ。

自分ができることは何かと考えた時、次期モラード伯爵の肩書をクライブに与えることだけだと思った。

あの方を繋ぎ止めたい私の我儘。クライブ様のためにならないかもしれないけれど…。

クライブの妻になりたかった。

「決めたのだね」

ミュリエルの真剣な表情に、父は微笑んだ。

「お母様は許してくださるでしょうか」

「あれはクライブを気に入っている。反対はしない」

「それから、もうひとつお願いが」

ミュリエルの願いを、父は快諾してくれた。


馬の嘶《いなな》きが木霊する。

クライブと兵士たちを見送るため、父を除くモラード家の全員が邸の前に並んでいた。父は身体を起こし、寝室の窓からこの情景を見ているだろう。

武具に身を固めたクライブが、ミュリエルと母の前に立った。

「クライブ、頼みます。くれぐれも気をつけて」

母の言葉にクライブが頷く。

「クライブ様、これを」

ミュリエルはクライブに渡そうと、ノーマンから折り畳んだ布の塊を受け取った。だが、布は思いのほか重量があった。

「あっ」

よろけたミュリエルを、クライブが手を差し伸べて抱きとめてくれる。

クライブ様が助けてくださった。

貴公子として、騎士として当たり前のことをしただけなのだが、ミュリエルは特別なことのように嬉しくて、鼓動が速くなった。

ずっとこうしてクライブ様の腕の中に包まれていたい。もっと強く抱きしめてほしい。

「大丈夫か？」

心配そうな声に、うっとりしていたミュリエルは慌てて離れた。こんな時に、皆もいる前で、自分は何を考えているのか、と羞恥《しゅうち》で頬を赤らめる。

「平気です。みっともないところをお見せしてしまって…」

これから戦いに行く人に心配されてしまうことほど情けないことはない。恥ずかしくて、クライブに布の塊を押しつけるように渡した。

「これは…、これは受け取れない」

クライブが拒否するのも無理はなかった。渡したのは、モラード伯爵の旗だからだ。

モラード伯爵の代わりとして兵を率いるクライブだが、彼はモラード伯爵ではない。クライブが掲げていい旗ではないのだ。

「父の了承は得ました。どうか、モラード伯爵として兵を率いてください。それから…」

ミュリエルが腕輪を差し出すと、ミュリエル様！　とマーサの悲鳴のような声が響いた。

使用人たちもざわめいている。

クライブは戸惑ったような顔でミュリエルを見たが、受け取れないとは言わなかった。それに勇気づけられたミュリエルは、腕輪をつけようと半ば強引にクライブの左手を取った。

手が震える。金具が上手く留まらない。早くつけなければ手を振り払われてしまうのではないかと思うと、余計に焦ってしまう。

つむじにクライブの視線を感じ、うなじの産毛が総毛立った。近くで見つめられているだけで、感極まって涙が出てきてしまいそうだ。

こんなにもクライブ様を好きなの。愛しているの。

無事に帰ってきてほしいという思いを込めて腕輪をつけ終えたミュリエルは、クライブの顔を見上げた。

視線が合った。

クライブはいつものように、ただ、ミュリエルを見ていた。

クライブが何か言うかと期待したけれど、彼は一言も話さなかった。

誓いの口づけも抱擁も、皆の前でクライブがしてくれると期待はしていなかった。

だって、私が強引に腕輪をつけたんだもの。

何も言わないだろうということもわかっていたけれど…。

ちょっぴり悲しい。

いいの。それでもいいの。腕輪を受け取ってくださったわ。

ミュリエルは自分に言い聞かせた。

正式ではないものの、これでクライブはミュリエルの婚約者となったのだ。

「無事にお戻りになられますよう」

ミュリエルは泣きそうになるのを必死にこらえ、クライブを送り出した。早く邸にお入りくださいとマーサに急かされても、ミュリエルはずっとモラード伯爵の旗を、その旗の下にいるクライブを見送っていた。


クライブが出立して入れ替わるように、ボウエン家の兵士がナイジェルと共にモラード家に到着した。

「ナイジェル兄様、クライブ様がお父様の代わりに兵を率いていかれました」

ナイジェルは馬から降りて、飛びついてきたミュリエルを抱きしめ、すぐに身体を離して言った。

「そんな不安そうな顔をしてはいけないよ。気持ちはわかるけれどね、もっと明るい顔で出迎えてくれると嬉しかったな」

つん、と頬を突かれる。

「ごめんなさい」

「それに、君はもう婚約した身だ。いけないよ、抱きついて私を誘惑しては」

「まあっ」

軽口に声を上げて笑うと、ミュリエルは心が軽くなった気がした。そんなミュリエルに、うん、とナイジェルが頷く。

「そう、その笑顔だ。クライブは私よりも、ほんの少しだけど腕が立つ。心配ないよ。きっと、ばったばったと盗賊たちをなぎ倒し、根絶やしにして帰ってくるさ。ほら、いつもの澄ました顔でね」

ナイジェルは感情が表に出ないクライブの顔を真似《まね》た。そうすると、クライブととても似ている。同じ髪の色と瞳の色。黒を好むクライブと違って、ナイジェルは明るめの色を好むけれど、よく似た兄弟なのだ。

「ナイジェル兄様ったら」

ナイジェルといると、笑いが絶えない。相手の表情やしぐさで瞬時に判断し、相手を傷つけないように話したり、場を和ませたりする。ちょっぴり意地悪だったりもするけれど、こういうところがナイジェルの魅力で、使用人たちも魅了されるのだ。

ナイジェル兄様はお優しいけれど、クライブ様のほうがもっとお優しいんだから。私はクライブ様がいいの。クライブ様が好き。

「出立される時、クライブ様に腕輪を渡しました」

「クライブが受け取ったのかい？」

ナイジェルは驚いた顔をする。

「はい。あの、申し訳ありません。ボウエン家にご連絡もせず、勝手な真似を…」

「いいんだよ。すでに婚約の書状をボウエン家では受け取っているし、父も了承しているのだから」

そうか、クライブが君から腕輪を受け取ったのか、とナイジェルは感慨深げだ。

「あれも少しは大人になったのかな」

「クライブ様は大人ですけど…」

意味がわからなくてミュリエルは小首を傾《かし》げる。

「兄として安心したっていうことさ」

ナイジェルはそう言ったが、なんだか違う気もする。

「本人が戻ってこないことには式の日取りなどは決められないが、これで兄として肩の荷が下りた。かわいげはないが、自慢の弟だ。よろしく頼むね」

「私、よい妻になれるよう頑張ります」

よし、とナイジェルが頭を撫でる。

「ナイジェル兄様、私はもう子供ではありません」

「おお、そうだね。新妻になるのだから」

「からかわないでください」

ミュリエルが頬を染めてナイジェルの胸を叩《たた》くと、ナイジェルは楽しそうに笑った。

「ナイジェル様、ようこそ」

マーサが邸から転がるように走り出てきて、大喜びで出迎える。

「久しぶりだね、マーサ。元気そうでなによりだ」

「さあさあ、お入りください。美味《おい》しいお菓子がございますよ」

「参ったなぁ、甘い誘惑はやめておくれ。モラード伯爵にご挨拶したら、私はすぐにも邸に戻らなければならないのだよ」

「そんなにお急ぎにならなくても。取っておきのお茶をお淹《い》れします。ミュリエル様はナイジェル様がおいでになるのを、いつも待っていらっしゃるんですよ。ほら、お傍にいらっしゃると、こんなに楽しそうなお顔をなさって」

どうしてそういうことを勝手に言ってしまうのかしら。

ナイジェルのことは好きだ。遊びに来てくれるのも嬉しい。けれど、兄としてナイジェルが好きなのであって、傍にいたいのはクライブだけなのだ。

「この頃は、こちらにおいでになる機会がめっきり減ってしまって、邸の者たちも皆寂しがっているんですよ」

「マーサ、ナイジェル兄様もお忙しいのよ。そういうことは…」

「以前はよくお越しくださったではありませんか」

ナイジェルは次期ボウエン伯爵で、もう子供ではないのだ。それがマーサにはわからないのだろうか。

「昔とはお立場が違うのだから」

「ですが、ミュリエル様…」

「二人ともおやめ。ミュリエル、お父上の具合はどうだい？」

やりとりを見ていたナイジェルが割って入った。

「だいぶよくなりました。顔を見ていってください」

「もちろんだとも。少しお話もしたいしね」

それを聞いてマーサは、お茶の用意を、と台所へと走っていく。ミュリエルは小さく首を振ると、ナイジェルは肩を竦めた。困ったな、と思っているのは明らかだ。

「きちんと注意できなくてごめんなさい」

ミュリエルは恥ずかしかった。乳母とはいえ、使用人のほうが幅を利かせているのだ。不《ふ》甲斐《がい》ない自分が嫌になってくる。

「私を子供の頃から知っているから、マーサも気安くなってしまうのだろうね」

だがそれは、使用人としては恥ずべきことではないか。

お母様のようになれるのかしら…。

「ああ、またそんな顔になって。どんなことがあっても、毅然《きぜん》とした態度と笑顔を忘れてはいけないよ。さあ、お父上のところへ案内しておくれ」

ミュリエルは深く頷いて、ナイジェルに笑顔を見せた。


クライブは無事に帰ってくる。

帰り際にナイジェルに励まされたものの、ボウエン家の兵士に守られたモラードの邸は、どことなく暗い雰囲気に包まれていた。

クライブからはなんの連絡もないまま、十日が過ぎた。

情報がない分、兵士たちはどうしたのか、エルゴラは攻めてくるのか、と使用人たちは不安げだ。ミュリエルは声をかけながら明るく振る舞い、皆を元気づけていた。

マーサはミュリエルの顔を見ると、ナイジェル様はまた来てくださるのか、クライブ様に腕輪を渡したのはよくなかったのでは、と言いたいことを言っている。

出すぎた真似はいけない、クライブとのことは決まったことなのだから、と言っても、同じことを繰り返してばかりだ。

一昨日《おととい》も、邸にやってきたジョンを勝手に迎え入れてもてなしてから、ミュリエルを呼びにきた。今さらジョンが来ても、婿にはなれないというのに。

幼い頃から親身に世話をしてくれた乳母だけれど、マーサを疎ましく感じてしまう。

「ジョン様はまだいらっしゃるんだったわ」

厭わしくて、気分がすぐれない、何かと忙しいと言い訳してはジョンに会わないようにしているから、マーサに小言ばかり言われる。帰ってほしいけれど、招き入れてしまった手前、追い出すわけにもいかないのが辛《つら》いところだ。

どうやって帰っていただこうかしら、と考えていると、二台の馬車と一台の荷車が、モラード家に到着した。

「アニア叔母様？」

「ミュリエルなの？　まぁ、美しい娘になって」

ノーマンの手を借りて叔母が馬車から降り立った。叔母に会うのは八年ぶりだ。少しやつれていたけれど、思っていたよりも元気そうだ。叔母の二人の子供が、ぴょん、ぴょんとひとりずつ馬車から降りてくる。三歳と五歳の、初めて会う従弟《いとこ》たちだ。

ミュリエルがしゃがみ、二人に目線を合わせて挨拶すると、子供たちは恥ずかしそうに叔母の背に隠れる。かわいい盛りだ。

叔母の夫である叔父のガイ・ウエストが最後に降りてきた。

「ミュリエル殿。伯爵夫人のお若い頃に、よく似ていらっしゃる。面倒をおかけする」

恰幅《かっぷく》がよく、口髭《くちひげ》を蓄えた叔父は、いかにも商人という風貌《ふうぼう》だ。

「ミュリエルとお呼びください、叔父様。ようこそ、お待ちしておりました」

挨拶をかわしながら、もう一台の馬車が気にかかった。叔母夫婦の家族は四人だ。叔父の両親はすでに亡くなっていて兄弟もいない。叔父たちが乗ってきた馬車よりも立派だから、使用人が乗っているとは思えない。

誰が乗っているのだろうか、と気になっていると…。

「早く扉を開けんか！」

中で誰かが喚《わめ》いた。

叔父がうんざりした顔をして、御者《ぎょしゃ》に早く開けるように言う。

「なんて気が利かないんだ！」

御者が慌てて扉を開けると、すらりとした細身の若い男が降りてきて怒鳴った。

「あのお方は？」

派手な色合いの服を身につけた男の登場に、ノーマンも怪訝な顔をした。後ろに控えていた使用人たちは、口をあんぐりと開けている。

それは客に対して大変失礼な態度なのだが、彼女たちを叱る気にはなれなかった。ミュリエルも、驚きのあまり口を開けてしまいそうになったからだ。

ピンクがかった濃いオレンジ色の生地の上着に、襟元にレースをたっぷりと使ったブラウス、白のぴったりとしたタイツを履いた姿は、まるで道化のようだった。金の刺繍《ししゅう》がめいっぱい施された上着は目に痛いほど眩《まぶ》しい。エルゴラで流行《はや》っているのか、爪先《つまさき》のとんがった変な形の靴にも金糸で刺繍がしてある。髪もミュリエルのサンディブロンドと違って、混じり気なしのブロンドだ。ミュリエルよりも長いので、うんざりするほどくどいのだ。

「なんて美しい方だ」

叔父がノーマンの問いかけに答える前に、若い男は大股《おおまた》でミュリエルのところまで来ると、強引に右手を取って口づけた。ミュリエルは慌てて手を引いた。

クライブ様にだってしてもらったことがないのに！

手の甲をハンカチでごしごしと擦《こす》りたい衝動に駆られるのを、必死にこらえる。後でしっかり手を洗わなければと思った。

「おお、これは失礼した。あまりに美しい方だったので、私としたことが、先走ってしまったな。私はエルゴラの第二王子マイルズだ。美しい方、お名は？」

マイルズは髪をかき上げると、にんまり笑った。

ミュリエルが驚いて叔母夫婦を見ると、二人は申し訳なさそうな表情に変わる。予定外の連れで、モラード家には珍客のようだ。

「ミュリエル・モラードでございます」

「ミュリエル…、なんて愛らしい名だ。ミュリエル殿、私の妻になってくれまいか」

突然の求婚に、ミュリエルは絶句した。

「マイルズ王子、お立場をお考えください」

叔父が慌てて止めると、マイルズは不貞腐《ふてくさ》れた顔をした。

「よいではないか。私は妻を持っていないのだぞ」

「そういうことではございません」

なんなの、この方は。

呆気《あっけ》にとられたミュリエルは、すでに夫となる者がいる身なのだと言いそびれてしまった。叔母たちにも結婚が決まった報告をしていないから、先にマイルズに言いたくなかったのもある。

エルゴラは内乱状態なのに、どうして叔母様たちと一緒にパレネリアに来たのかしら。まさか、逃げてきた？

王子が国から逃げ出したら、話にならない。

戦争を仕掛けてくる可能性もあると、お父様がおっしゃっていたわ。もしかしたら、パレネリアの状況を探りに来たのかも。でも…。

王子自らそんなことをするだろうか。

「しばらく厄介になるのだから、急ぐことはないの」

マイルズの中では、モラード家に逗留《とうりゅう》するのは決定事項のようだ。帰れとも言えないし、叔母たちと一緒に来てしまったのだから、こちらとしてももてなさなければならない。

齢の頃はナイジェルくらいだろうか。もう少し若いのかもしれないが、かなり自分勝手な王子のようだ。

あ〜もう、ジョン様もいらっしゃるというのに…。

厄介が増えてしまった。

「皆様、長旅でお疲れでしょう。さあ、中にお入りください。突然のことで、マイルズ王子のお部屋はご用意ができておりませんので、しばらくお待ちいただきますが…」

ノーマンが声をかけた。

「かまわんぞ。そうだ、モラード伯爵に挨拶でもして時間を潰《つぶ》そう」

お父様を時間潰しに使うだなんて、なんて失礼な!

「申し訳ございません。父は臥《ふ》せっておりまして…」

叔母が息を呑んだ。父が怪我をしたことを知らせていなかったからだ。

それはそれは、とマイルズは胸に手を当てて悲しげな顔をする。性懲りもなく、再び手を握ろうとするので、ミュリエルはさりげなく避けた。空振りに終わった右手を、マイルズは残念そうな顔でしまう。

「ミュリエル殿もご心痛だろう。私の存在が慰めになるであろう」

それは、つまり、自分の存在自体が慰めになるとおっしゃりたいのかしら?

「お心遣い感謝いたします。されど、快癒に向かっておりますので、お気持ちだけで十分でございます」

マイルズ王子をご案内して、とノーマンに頼んで連れ去ってもらうと、叔母夫婦はほっとした顔をした。

叔母様が疲れていらっしゃるのって、マイルズ王子のせいなのかも。

「兄上のご容体は？」

「だいぶいいのです、叔母様。マイルズ王子には会わせたくなかったものですから、少し大袈裟に言いました」

「ミュリエル殿、申し訳ない。こんなはずではなかったのだ」

叔父が説明しようとするのを、ミュリエルは止めた。

「子供たちも疲れているでしょう。叔父様も叔母様もまずは一休みなさって、それから、お父様にお顔を見せて差し上げてください。とても心配していましたから。お話はその後にしませんか？」

ミュリエルは使用人に叔母たちの世話を頼んだ。子供たちの手を引いて邸に入っていく叔母たちを見送る。

「困ったことになったわ。ジョン様もいらっしゃるのに、マイルズ王子まで…。でも、ジョン様のおかげでマーサが来なかったのだから、よしとしなければいけないのかしら」

マーサはジョンの接待に勤《いそ》しんでいた。今ここにマーサがいたら、マイルズの出現で大騒ぎになっていただろう。

「でも、すぐにバレてしまうわね」

ミュリエルは溜息をつくと、ハンカチで右手の甲を赤くなるまでごしごしと擦った。

ピーヒョロロロ……。

トビの鳴き声が聞こえた。空を見上げると、両翼を広げてゆっくり旋回する姿が見える。

「クライブ様はどうしていらっしゃるかしら。怪我をなさっていなければいいけれど…。私がトビのように飛べたなら、すぐにでもクライブ様のところへ飛んでいくのに」

早く戻ってきてほしい、と思う。

心の中とは間逆の、青く晴れ渡った空を見上げ、ミュリエルはクライブの無事を祈った。


「それは大変でございましたねぇ」

マーサはハンカチを両手で絞るように握りしめた。

「そうなのだ。危機一髪、という状況だったのだ」

小指を立ててカップを持ったマイルズが、ずずずっとお茶を啜《すす》った。今日は赤紫色の上着に、黄色のベストという組み合わせだ。タイツは相変わらず白い。

「このパイはなかなか旨《うま》いな」

「私が焼いたのでございます」

「ほう。菓子職人になってもよかったのではないか」

「ご冗談を。ミュリエル様に美味しく召しあがっていただきたくて、試行錯誤しただけでございます」

「いやいや、冗談ではないぞ。こんなに優しい乳母がいて、ミュリエル殿は幸せだな」

椅子にふんぞり返ったマイルズが、はははは、と笑うと、その脇に立っているマーサが、ほほほほ、と笑い返している。

マーサの興味はジョンからマイルズに移ってしまったようだ。

ミュリエルは仮面のような頬笑みを顔に貼《は》りつけ、苦行のような時間を過ごしていた。

同じテーブルには、引きつった笑顔のジョンと、仏頂面を隠しもしないハンスがいた。

マイルズに恋敵認定されたジョンは、朝から晩までなんだかんだとつき合わされている。

モラード家に滞在していて、自分から婿候補だとしゃべったのが仇《あだ》になった。

一番運が悪いのはハンスかもしれない。ここ何ヵ月もモラード家に来ていなかった彼は、マイルズが到着した日にひょっこりやってきた。ハンスの兄の妻、義姉に子ができたので、リンド家を継ぐことが絶望的となり、再びミュリエルに擦《す》り寄ろうとしたのだ。しかし、まさかこんなことになっているとは思わなかったのだろう。

「けっ……」

苦虫を嚙《か》み潰したような顔のハンスは、上機嫌のマイルズから顔を背けた。他国の王子に対しての態度ではない。たとえ、道化のような王子であったとしても。

嫌ならお帰りになればいいのに……。

ジョンがいるならとハンスも邸に逗留していた。ミュリエルとクライブとの婚約は仮の状態なので、チャンスが残っていると考えているのかもしれない。

クライブからの伝令は一向に来ない。クライブは無事なのか、盗賊団は壊滅できたのか、領民が大変な時に、ガーデンでのんびり茶など飲んでいたくないのだが、このメンバーでテーブルを囲むのは、今日で三日目だった。

叔父はエルゴラでの商売をたたみ、財産をすべて貴金属や宝石に変えて持ち出してきたようだった。また一からやり直せばいいというのが叔父の考えで、いつかはエルゴラに戻るけれど、パレネリアの王都で商売を再開するつもりのようだ。

しばらく厄介になります、と申し訳なさそうに叔父は言った。父や母はもちろん、ミュリエルも気兼ねなく滞在してほしいと思っている。

問題はマイルズだ。

叔母夫婦とともにやってきたマイルズは、モラード家にどっかりと腰を据えていた。荷車に満載の荷物は叔母一家の家財道具かと思いきや、マイルズの着替えなどだった。

夜逃げのようですな、とノーマンが呟いたのもよくわかる。

叔父の話では、叔父たちがエルゴラの邸を引き払って出発すると、後をつけるようにマイルズの馬車と荷車が追ってきたらしい。

豪商の叔父はエルゴラ国王と懇意にしていた。暴動が起これば商家は略奪に遭う可能性もある。国内が落ち着くまではいったんエルゴラを出て、パレネリアの親戚《しんせき》に身を寄せると手紙を書いて国王に送っていた。それを盗み見たのではないか、と叔父は言っていた。

盗み見るなんて、とミュリエルは驚いたが、あの方はそういう方なのだよ、それを悪いとも思っていらっしゃらないのだ、と叔父は溜息交じりに語った。

いくら内乱で国が荒れているとはいえ、王子が国から出るのはいかがなものか、と苦言を呈《てい》しても、聞く耳を持たないのだという。

パレネリアに入るまで、叔父は護衛の傭兵を幾人も雇っていた。護衛つきで安全な旅もできるし、叔父がいれば金銭面で苦労することもない。叔父が自分の面倒を見てくれると考えて、マイルズはついてきたのだろう。

エルゴラが、特に王都が内乱状態にあるのは事実のようだ。軍部派と市民の有志派と国王派の三つ巴《みどもえ》で対立しているのだという。発端は、ちょっとした行き違いからの些細な揉《も》め事《ごと》だったようだが、どうもマイルズがあちこちに首を突っ込み、適当なことを言って引《ひ》っ掻《か》き回したせいで、治まるどころか拡大してしまったらしい。

差し当たってエルゴラがパレネリアに侵略してくる危険はないが、軍部派が力を増して流れが変わればそれもわからない。兵士崩れらしい盗賊団も、軍部派の資金調達なのかもしれないのだ。

叔父は最初、マイルズ王子は変わったお方で…と遠回しな言い方をした。変わったとは？と聞くと、役に立たないぼんくらなのだ、とはっきり言った。国王陛下と王太子殿下が各方面と話し合いをしたり、調整をしたりして、なんとか立て直そうとしている。なので、エルゴラにマイルズ王子はいないほうがいいのだよ、とも。

果たしてそうなのか、とミュリエルは思った。

あの方、とっても胡散臭《うさんくさ》いんですもの。

企《たくら》みがあってパレネリアに来たのではないか、と思うのは買い被りすぎだろうか。

とにもかくにも、モラード家には迷惑な話だった。兵士崩れの盗賊団に加え、余計な荷物まで押しつけられることになってしまったのだから。

叔父様に罪はないけれど、どこかに捨ててきてくだされればよかったのに。

「お代わりをもらおうか」

「あら、これは失礼いたしました、気がつきませんで。さ、新しいお茶をご用意して」

マーサはご機嫌で、メイドたちにいそいそと指示を出している。エルゴラ出身だから、祖国の王子が来たことが嬉しいのかもしれない。

他国の王子となれば、父が無理なら母が接待すべき人物ではあるけれど、叔父は出ないほうがいいと止めた。もてなすと、マイルズはいつまでもモラード家から動かなくなってしまうだろうと言うのだ。

それどころか、存在を煙たがっているとわからせたほうがいいとまで言った。そのくらいしないと、なんでも自分に都合よく解釈するマイルズは、理解してくれないらしい。

しかし、マーサの下にも置かぬもてなしぶりでは、モラード家に根っこを生やしてしまいそうだった。

「ミュリエル様もパイを召し上がりませんか？」

「ありがとう。でも、あまり食が進まないの」

こんな時間にお茶とパイなんて入らないわ。だって、まだ午前中なのに。

ブランチとしてはちょうどいい時間かもしれないが、モラード家ではブランチの習慣がない。朝は朝、昼は昼で、きちんと決まった時間に食事を摂るのが常で、今日もミュリエルはしっかり朝食を食べたのだ。

何があっても食事は必ず摂れ、と父に言われている。クライブが出立した日の夕食が進まなかったことを母から聞いたのだ。そんなことではいざという時に動けないぞと叱られ、父の言うことはもっともだと思ったのだ。

「食が進まないのは、お父上のことだろう。なんて優しい方だ」

よく回るお口だこと。

ジョンも似たようなところがあるけれど、ここまで上滑りはしないからまだ我慢できる。寡黙で落ち着いているクライブが好きなミュリエルにとって、派手で自己顕示欲が強く、ぺらぺらしゃべるマイルズは苦痛でしかない。

クライブ様はもう少しお口が軽くなってもいいのだけれど…。

そんなことを考えていると、ミュリエルの手をマイルズの手が握った。お茶の時になると、こうして触ろうとする。以前、テーブルの下で膝頭を撫でられた時は手の甲をつねったが、肩に触れたり髪に触れたりする程度では、大袈裟に拒むこともできない。

ミュリエルは表立っては何事もないような顔で、強引に手を引き抜こうとするけれど、マイルズはなかなか手を離さない。

爪の先まで手入れされたマイルズの手は、ミュリエルの手よりも滑らかでしっとりしている。妙に湿っぽくて、小さな頃は触っても平気だったが今は絶対に触れない、そう、ミミズのような感触で、触られていると気持ちが悪いのだ。

おかげさまで父は快癒に向かっておりますので、と平静を装って答える。

「それはよかった。いや、これは自慢ではないが、私が来たからだろう。私は周りの人間を幸運に導くお方だとよく言われるのだ」

叔父からいろいろ聞いているミュリエルはお茶を噴きそうになったが、きっとそうでございますよ、とマーサがお追従を言っている。

「ミュリエル殿には別な悩みがあるのか。私が相談に乗ってやろう」

マイルズはのほほんと問う。

ミュリエルは我慢しきれなくなった。

「領内に盗賊団が出るのです。領民が苦しんでいると思うと、とても菓子を食べる気にはなれないのです」

一気に言って、摑《つか》まれていた手を引き抜いた。

苛立《いらだ》っていたとはいえ、消極的なミュリエルがこれを言うには、かなりの勇気が必要だった。脇の下に嫌な汗が流れた。自分の鼓動音が周り中に響き渡っているのではないか、と思うほど大きく聞こえる。

マーサが顔色を変えた。ジョンはおどおどした様子でミュリエルを、ハンスは興味津々《しんしん》でマイルズを見ている。

ここまで言ったのだから、マイルズがただの使えないぼんくらなのか、何か腹に隠し持ってここに来たのか、ミュリエルは見極めようと様子を窺った。

「おお、なんてことだ。それは一大事だ。領民を思いやるミュリエル殿のお心に、私は深い感銘を受けた」

大袈裟な身振りでマイルズは言った。

「私が兵を率いて盗賊団を追い払って差し上げよう」

これが演技だとしたらなかなかの役者だ。ミュリエルには判断がつかなかった。

盗賊団はエルゴラから来ているのだと言ってしまおうか、とも考えたが、そこまでは勇気が出なかった。なにしろ相手はエルゴラの王子だ。自分の一言で国同士の問題に発展してしまう可能性もある。

「なぁに、あっという間に片づけてしまうぞ」

胸を張るマイルズに、ハンスが鼻で笑った。

「笑うとはなんたる無礼。私の剣の錆《さび》にしてくれようか」

ハンスも腕に自信があるからか、相手がエルゴラの王子だというのに自分のほうが強いと言いだした。二人は互いに腕自慢を始めてしまう。

話に入っていけないジョンは、二人の間で肩を落として座っているしかないようだ。チラリと助けを求める視線をよこしたが、ミュリエルは無視した。クライブやモラード家の兵士たちがどうなっているのかわからない状況で、こんな茶番につき合っている自分にも腹が立っていたからだ。

助けてほしいのはこっちよ。

いっそここでテーブルをひっくり返し、帰れ！　と叫ぶことができたら、どんなにすっきりするだろうか。

テーブルを勢いよくひっくり返す自分の姿を想像して溜飲《りゅういん》を下げていると、ノーマンが足早にやってきた。

「ご歓談中、失礼いたします。ミュリエル様、お館様がお呼びです」

「お父様が？」

ノーマンは淡々としていたけれど、どこか緊張感を含んでいた。

父の容体が悪くなったのなら、母が呼んでいると言うはずだ。父が呼ぶのなら、何かが起こったと考えられる。それも、客をほったらかしにしてでも来いと言うのだから、よほどのことだ。

もしや、クライブ様から連絡が！

ミュリエルはノーマンに小さく頷くと、困ったお父様だわ、と言って腰を上げた。

「ミュリエル様、お客様に失礼ですよ」

マーサが眉を顰める。

こちらが招待したわけでもないのに、どうしてマーサにはわからないのかしら。

「お館様は何を考えていらっしゃるのでしょう」

客の前で主を非難するマーサに、ノーマンが小声で窘《たしな》めるが、事態を把握できていないマーサは、ノーマンにも食ってかかろうとする。

「マーサ、お客様の前でそれこそ失礼よ。恥ずかしいところを見せてはいけないわ。皆様、申し訳ございません。ご無礼をお許しください」

にっこり笑って三人の客に膝を折る。今はマーサに関《かか》わり合っている場合ではない。

「お話も弾んでいらっしゃるようですし、お三方はもうこんなに親しくおなりですもの。それに、私がいなくてもマーサがいるのだから大丈夫でしょう？」

嫌みを混ぜてみたが、もちろんでございます、とマーサは胸を叩いて張りきる。

ミュリエルが目一杯効かせた嫌みスパイスは少しも効かなかった。

「クライブ様が落馬されて、意識不明……」

父の部屋で話を聞いたミュリエルは、血の気が引いた。

盗賊団は砦の騎士団との連携でほぼ捕縛された。だが、包囲の隙間を縫って数人が逃げ出し、農家の馬やロバを盗んでさらに逃げた。馬で追いかけていたクライブは、飛び出してきた農家の子供を避けるために手綱を強引に引いた。馬は立ち上がった後に横倒しとなって、クライブは馬から振り落とされたのだ。

「クライブ様が馬から落ちるなんて」

「いや、クライブは上手く馬から離れたのだ。そのまま馬と一緒に倒れていたら、下敷きになって死んでいたかもしれない」

「子供は無事だったのですか?」

知らせに来た兵士に問うと、間一髪で避けました、と答えた。

ほうっとミュリエルは息を吐いた。

子供が怪我をしていたら、もし、死んでしまったりしていたら、クライブは自分を責めただろう。

「それで、クライブ様の容体は!」

「意識が戻れば大丈夫だと医者が言っているそうよ。クライブのことですもの、すぐに元気になるわ」

青い顔をしたミュリエルを安心させるよう、母は言った。

でも、意識が戻らなかったら…。

「私、クライブ様のもとに参ります!」

矢も盾もたまらず叫んだ。

「それはならん」

父は認めなかった。

「そうですよ。ハロルドから連絡もあるでしょう。あなたが行ってもできることは何もないわ。着いた頃に、クライブは目覚めているかもしれませんよ」

わかっているわ。でも、待っているなんてできない。

「それでも行きます。お父様お願い！　行かせてください！」

「ならん」

父は目を瞑って黙した。こうなると、哀願しようが泣こうが、どうやっても絶対に許可はくれない。娘に優しい父ではあるけれど、どこまでも甘くはないのだ。しかし、なんとしても行かなければ、とミュリエルは思った。

馬車では時間がかかりすぎる。馬車の用意を頼めば、父にすぐ知られてしまう。馬で行くのが得策だが、どうやって邸を抜け出すか。

お母様の馬をこっそり借りよう。これから部屋に戻って乗馬服に着替えて…、あ、乗馬服はなかったんだった。

クライブに怪我を負わせてから、ミュリエルは温柔な人間になろうとしてきた。それからは馬に乗ることもやめてしまったので、もう何年も乗っていない。乗馬服は、小さくなって着られないだろう。毎年仕立ててだけおいたら、と母が言った時、お淑やかなレディは馬になんて乗らないの、と頑《かたく》なにいらないと言ってしまったのだ。

横乗りはしたことがないから自信ないけど…。

お転婆で活発だった頃は、よく早駆けをした。馬には乗っていたのだ。

乗ればなんとかなるわ。行こう、クライブ様のもとへ！

心の中で決意した時、

「旦那様、行かせましょう」

母が穏やかに言った。

「お前、しかし…」

父は目を開け、母とミュリエルを交互に見る。

「止めても無駄だと思うわ。こっそりひとりで出かけてしまいそうですもの」

「まさか！」

父はぎょっとした。ミュリエルが視線を泳がせると、父は呆《あき》れた顔になる。

「行く気だったのか？　散歩に行くのではないのだぞ」

「ごめんなさい、お父様。どうしても行きたいの」

母に考えを読まれているとは思わなかったが、母が説得してくれれば、父は許してくれるのではないかと期待する。

「盗賊団の残党が隠れ潜んでいたらどうする」

「危険は承知しています。でも、行かずに後悔したくない」

クライブ様に謝っていないの。好きだって言っていないの。もし、クライブ様が…。

不吉なことを想像してしまったミュリエルは、両手で口元を覆った。

「旦那様お願い、行かせてやって。今でこそおとなしい娘になりましたが、幼い頃はどうだったか、旦那様もご存じでしょう？」

父はうーっと唸った。お転婆できかん気だったのを、思い出したのだ。

「供をつけて送り出したほうがよほど安心よ」

母に説得された父は、渋々了承してくれた。

クライブが意識を失ったことは公にしないと決めた。話が邸内に広まれば騒ぎになるし、厭《いと》わしい客も逗留しているからだ。ハロルドから連絡が来たのは皆知っているので、盗賊団がほぼ壊滅したとだけ説明することにした。

母は密《ひそ》かに自分の馬を用意するようノーマンに頼んでくれた。そして、モラード家を警備しているボウエン家の兵士の中から、腕利き数名がミュリエルの警護についてくれることになった。これはノーマンが手配してくれた。

自室に戻って着替えて出てくると誰かに見つかるので、ミュリエルは母の部屋で乗馬服に身を包んだ。母はミュリエルのために、毎年乗馬服を新調してくれていたのだ。仕立てておいてよかったわ、と母は笑った。

「いつからだったかしら、あなたは我儘を言わないおとなしい娘に変わったわね。お父様は喜んでいらしたけれど、私は少し心配だったの。どんどん引っ込み思案になってしまったでしょう？」

「お母様…」

「マーサに注意するのも躊躇うあなたが、クライブのところへ行きたいと主張してくれた。嬉しかったわ」

モラード家を継いで、自分は母のようになれるだろうか…。

いいえ、ならなければ。クライブ様が私の傍にいらしてくださったら、私はどんな努力も厭わないわ。お母様のような伯爵夫人になるの。

ミュリエルは母に抱きついた。

「気をつけていくのよ、ミュリエル。クライブを連れて戻ってきなさい」

「ありがとう、お母様。行ってきます」

邸の者には知られないよう、ミュリエルはノーマンの手引きで邸の裏から密かに出立した。

馬に乗るのは実に六年ぶりだった。おとなしくて足の速い母の馬を用意してもらったが、最初は馬の足がもたついた。焦る気持ちばかりが先走って身体が固くなってしまうから、馬が敏感に感じ取るのだ。

しかし、早駆けを楽しんでいたこともあるミュリエルの身体は覚えていた。すぐに馬と呼吸が合うようになる。

少しでも早く、クライブ様のもとへ！

ミュリエルの必死な姿にボウエン家の兵士たちは、クライブ様を皆で起こしに行きましょう、と勇気づけてくれた。途中、疲れが出て遅れ始めたミュリエルを叱咤《しった》し、励ましてもくれた。

クライブが運び込まれていたのは、小麦畑の近くにある一軒の農家だった。ミュリエルたちがそこに着いたのは、もうすぐ日が沈み始めようとする、小麦の穂の上に太陽が乗っかっているように見える頃だった。

農家の周りでキャンプを張っている兵士たちは、篝火《かがりび》の準備を始めようとしていた。兵士の数が少ないのは、先に民兵だけ家に帰されたからだろう。彼らはやっと本来の、農夫や鍛冶屋や飯屋の主に戻ったのだ。

ボウエン家の兵士を従えたミュリエルの姿に、モラード家の兵士たちはざわついた。何しに来たんだ、と思ったのかもしれないし、おとなしく物静かなミュリエルが馬で駆けてきたことに驚いたのかもしれない。

「ミュリエル様がおいでになるとは…」

ハロルドは馬上のミュリエルを仰ぎ見て、絶句した。

ミュリエルは少し休みを取っただけで駆け通しだった。乗馬服は砂埃《すなぼこり》と汗でどろどろ、顔は真っ赤に火照り、ひとまとめにして結んでいた髪の後《おく》れ毛《げ》は、汗だくの額や頬にへばりついている。息も絶え絶えで、挨拶もままならなかったからだ。

ハロルドは幼い頃からミュリエルを知っている。そういえばミュリエル様はお転婆でしたな、と笑い、馬から降りるのに手を貸してくれた。

降りて地面に足をつけた途端転びそうになったミュリエルを、ハロルドが支えた。水場で顔と手を洗い、ごくごくと喉《のど》を鳴らして水を飲むと、やっと人心地ついた。

「しばらくお休みになられては」

足はガクガクして、身体が辛い。けれど、休んでも治まるものではないし、横になったら眠ってしまいそうだ。

「平気です。クライブ様の様子は？」

「まだ、お目覚めにはなっていません。医者は、疲れも溜まっているのではないか、と申しておりました。腕のいい医者で、兵士たちの治療もしてくれまして、明日また来てくれるとのことです。こちらです」

案内しようとしたハロルドが、先にお着替えなさいますか？　と問うた。

「いいえ、まずお顔を見せてください。それに、着替えは持ってきていないのです」

忘れていました、と正直に言うと、ハロルドは破顔した。

案内されて家に入ると、中には誰もいなかった。クライブが庇った子供の親が恐縮して、ぜひ使ってくれと言って家を明け渡したのだという。家族は近くの別の農家の納屋《なや》に移ったらしい。

奥の扉を開けるとクライブが横たわっていた。麦藁《むぎわら》を束ねた上に、厚手の布を敷いただけの粗末な寝床だが、敷かれた布は白くてまっさらのようだ。農家の家族の精一杯のもてなしだろう。

胸がゆっくりと上下している。息をしている証拠だ。顔色も悪くない。ミュリエルは安堵した。

「クライブ様…」

枕元《まくらもと》の床にしゃがみ込み、声をかけた。クライブはなんの反応も示さない。

「ミュリエル様、お疲れでしょう。こんなものしかございませんが、よろしければ」

ハロルドの補佐を務めているフランシスが、水の入った水差しと軽食を運んできた。

「ありがとう、フランシス。十分です。ハロルド、逃げた盗賊はどうなったのですか？」

「捕らえて砦まで連行させました」

それを聞いてミュリエルは安心した。

別の兵士が敷物を持ってきて床に敷いてくれた。

「皆も疲れているでしょう。私のことは気にしないで」

敷物の上に腰を下ろすと、疲れていた脚が楽になった。二、三度脚を撫で、寝床に寄りかかってクライブの顔を覗き込む。

ハロルドはそんなミュリエルを見て微笑むと、兵士とともに部屋を出ていこうとした。

「あ、ハロルド」

呼び止めて立ち上がろうとしたが、腰が上がらない。

「ごめんなさい。立てそうにないから、しゃがんでくれるかしら…」

ハロルドは笑いをこらえた顔で戻ってくると、膝をついて目線を低くしてくれた。

「ハロルド、父の代わりに兵を率いて盗賊団を捕らえてくれたこと、礼を言います」

ハロルドは目を見張り、嬉しそうな顔をした。

「もったいないお言葉。クライブ様がこのようになってしまったこと、申し訳なく思っています」

「ハロルドのせいではないわ。事故だったんですもの。子供が無事だったことを、クライブ様は喜んでいらっしゃるはずよ。それに、すぐに目を覚ましてくださるわ」

「はい、こうしてミュリエル様が傍にいらっしゃるのですから。遅ればせながら、ご婚約おめでとうございます」

フランシスともうひとりの兵士も小声で、おめでとうございます、と祝福してくれる。

「ありがとう」

「お館様はよい婿をお選びになった。兵を率いておいでになったのがクライブ様だったからこそ、無事に盗賊団を捕らえることができたのです。砦の騎士団と連携できたのも、クライブ様のおかげです。騎士団長がフィッシャー殿になってから、クライブ様はかなり頻繁に砦に足をお運びになっていたようで、クライブ・ボウエンの頼みならと二つ返事で騎士団を動かしてくださいました」

そういえば、自分の名前を出せば…、とおっしゃっていたわ。

「フィッシャー殿はなかなか面白いお方でして、騎士団の雰囲気もよいほうに変わっておりました」

フランシスたちも深く頷いて、心配そうな眼差《まなざ》しをクライブに注いだ。

「おお、それはそうと、お館様の具合はいかがですか？　いや、決して忘れていたわけではないのですよ」

慌てて言い繕うハロルドに、ミュリエルはくすっと笑った。

「食が進むようになりました。椅子に座ったり、部屋の中をそろそろと歩いたりして、寝ているのに飽きたと言っています」

「それは重畳《ちょうじょう》」

うっすら涙ぐんでいるようだ。

「ハロルドたちの帰りを、父も母も首を長くして待っています。それで…、何人かはここに残ってほしいのですが、ハロルドは皆と邸に戻ってくれませんか。皆も早く帰りたいでしょう？」

ハロルドとともに野営を続け、休むことなく盗賊団を追っていた兵士たちも多い。

「ありがたいお言葉です。すでに、妻や子がいる者、怪我をした者は先に戻るよう指示を出したのです」

民兵たちは家に返したが、モラード家の兵士たちはクライブと一緒に帰るのだと、誰も帰ろうとしないのだという。クライブを案じているのだ。

「大勢でたむろっていても役には立たないのですがね」

「役に立たないのは私のほうです。勇んで来てしまいましたが、かえってハロルドたちに迷惑をかけることになりそうで、申し訳なく思います」

食事の用意すらできないのだから。

「とんでもない。野郎ばかりが雁首《がんくび》揃えていても、むさ苦しいばかり。ミュリエル様がいらっしゃるだけで華やぎます」

フランシスたちも頷いている。

「そう言ってもらえると嬉しいわ」

何かあったら声をかけてください、とハロルドたちは部屋を出ていった。

「クライブ様、皆があなたを待っているわ。……ああ神様、お願いします。どうかクライブ様を私たちにお返しください」

二人きりになると、ミュリエルは麦藁の寝床に肘《ひじ》をついて手を組み、ひとしきり祈った。神に祈ることしかできなかった。

クライブの顔をじっと見つめる。こんなに近くで顔を見る機会はめったにない。機会があっても、ミュリエルから視線を逸《そ》らしてしまうからだ。

水差しの水でハンカチを湿らせ、クライブの顔や首筋を拭《ぬぐ》う。こめかみの、髪の生え際に小さなホクロを見つけた。

「こんなところに…」

昔からあったのだろうか。新たな発見に、嬉しくなる。

「クライブ様の妻になれば、もっといろんなことがわかるのかしら」

このまま儚《はかな》くなってしまったら…。

「そんな恐ろしいことを考えてはダメよ」

すぐにお目覚めになられるわ、と何度も呪文《じゅもん》のように唱え続けていると、ノックの音がしてハロルドがカンテラと毛布を持って入ってきた。部屋の中が明るくなる。

「奥にもうひとつ部屋があります。そちらに寝床を用意しました。麦藁の寝床ですから寝心地はよくないでしょうが、少しお休みになってはいかがですか？」

「ありがとう。でも、クライブ様のお傍にいます。いてもいいですか？」

「もちろんです。私たちは外におりますので、ご用の際は寝ていても遠慮なく叩き起こしてください」

ミュリエルに毛布を手渡してハロルドが去り、部屋の中が静かになった。カンテラの明かりが、クライブの顔に影を作っている。

明かり取りの窓には、兵士たちが野営する焚火《たきび》の明かりが映っていた。ゆらゆら揺れているそれをしばらく眺めていたミュリエルは、身体の重心を右へと動かした。すると、視界の端で何かがきらりと光った。クライブの左手首にはめられた腕輪だった。カンテラの光を反射したのだ。

「着けてくださっている」

恐る恐るクライブの手を取った。荒れてかさついた大きな手だ。ぎゅっと握る。

ふいに涙が溢《あふ》れて頰を伝った。嗚咽《おえつ》が漏れそうになり、ミュリエルは唇を嚙みしめる。

「泣いちゃダメ。クライブ様が目を覚まされたらびっくりなさるわ」

右手の甲で涙を拭い、その手を広げて指輪のない中指を眺めた。結婚式で女性は、右手の中指に指輪をはめてもらうのだ。

「クライブ様が素敵な指輪をくださる。きっと…」

足の痛みを感じ、もう誰も来ないだろうと、紐《ひも》を解いて履いていたブーツを脱ぎ捨てる。太腿《ふともも》や脹脛《ふくらはぎ》を撫で、明日は歩けないかもしれない、と思う。ミュリエルにとってはかなりの強行軍だった。ほとんど休まず馬で駆けてきたので、とても疲れていた。

あまり食べる気はしなかったが、せっかく用意してくれたのだからと軽食を一口食べる。美味しく感じた。一口食べると胃袋がもっとと要求し始める。ミュリエルは水を飲みながら一気に食べきった。

腹が満ちると、座ってクライブの顔を見ているだけなので睡魔が襲ってくる。脚を擦《さす》ったり、こめかみを指で押してみたりして、必死に眠気を振り払う。

クライブが目を開けたら、こんなことを話そう、あんなことを聞こうと考えながら、睡魔をなんとかやり過ごし、クライブに視線を戻すと、クライブの睫毛が小刻みに揺らいでいた。

「クライブ様！」

手を強く握り、声をかける。クライブの瞼《まぶた》がぴくぴくと蠢《うごめ》いた。そして、ゆっくりと目を開けた。

「ああ、神様。ありがとうございます」

ミュリエルは震える声で神に感謝し、クライブの手に口づけた。

「ミュリエ…ル？」

掠《かす》れた声がした。クライブは傍にいるミュリエルの顔をぼんやり見ていた。

「はい」

ミュリエルが頷くと、驚いたことにクライブはうっすら微笑んだ。

クライブ様が微笑まれた。私に…、私に微笑んでくださった。

クライブが意識を取り戻したこと、微笑んでくれたこと、二重の喜びに、ミュリエルは目頭が熱くなってくる。

「…水を」

「お水ですね」

ミュリエルは空になっていたゴブレットに、急いで水差しから水を注いだ。そして一瞬、クライブと口づけしたこともないのに、と躊躇ったものの、ミュリエルは意を決してゴブレットの水を口に含み、クライブの唇に自分の唇を重ねて水を注ぎ込んだ。

クライブはこくりと水を飲み込むと、夢か、となんとも幸せそうな顔で呟いた。

落馬して意識を失い、眠っているような状態だったのだから、その間、夢を見ていたのだろうか。

「楽しい夢だったのですか？」

「ああ、いい夢だ」

クライブはふうっと息をついた。

もっとお飲みになります？　と問うとクライブは、うん、と素直に頷き、優しい眼差しをミュリエルに向ける。

自分にもクライブのためにできることがあるのだと意気込んだミュリエルは、ひな鳥にエサを与える親鳥のように、二度、三度と水を飲ませた。もう一度と、水を含むために唇を離そうとした時…、クライブがミュリエルの唇を啄《ついば》んだ。

ミュリエルは目をぱちぱちと瞬《しばたた》いた。

今、クライブ様が…。

水を飲ませるのに何度も唇を合わせたけれど、これは口づけではない、と思っていた。思っていたからできたのだ。

だが、クライブの唇は、確かに自分の唇を啄んだ。たんぽぽの綿毛が触れるような、ふわんとした口づけ、と言っていいのかわからないようなものだったけれど…。

現実なのだろうか。これこそが夢ではないのだろうか。

自分は邸の自室で眠っていて、クライブに口づけられる幸せな夢を見ているだけではないか、と思う。

間近でクライブと視線が合い、ミュリエルは顔が熱くなって視線を彷徨《さまよ》わせると、クライブはくすっと笑った。ミュリエルはクライブの笑みに見とれ、心臓が高鳴り始めた。

力なく落ちていたクライブの腕が持ち上がり、ミュリエルの二の腕を摑んで引き寄せる。

「あっ…」

また唇を啄まれた。

夢じゃない！

ミュリエルはドキドキしながら、自分からクライブの唇を啄んでみた。すると、クライブが応《こた》えてくれる。

しばらく互いの唇を啄み合っていたが、ミュリエルの背中にクライブの手が回った。

「あ…」

ミュリエルはクライブの上に覆い被さるようになった。身体が密着する。

口づけだけでも心臓が壊れそうなのに…。

脚の痛みや溜まった疲れも、一瞬でどこかに吹き飛んでしまった。

クライブ様と手を繋げたら、クライブ様が抱きしめてくれたら、もしも、口づけてくださったら…。

どんなに夢見てきたことだろうか。

それらが一気に叶《かな》ってしまったミュリエルは、麦藁の寝床でクライブの胸に顔を埋《うず》める状態に、まごまごした。

クライブの手が、ミュリエルの頬を撫で、指先が外耳の輪郭をなぞっていく。息を止めてじっとしていると、クライブの手は髪を束ねていたシルクのリボンをほどき、絡まったミュリエルの髪を手櫛《てぐし》で梳《す》いた。うなじがぞくっとする。

「手が汚れてしまいます」

いっぱい汗をかいたし、土埃で汚れている。

髪を押さえると、クライブは不思議そうな顔をした。

「美しい髪だ」

なんの飾り気もない一言。

歓心を買おうとぺらぺらしゃべる人間の相手をしていただけに、クライブの言葉はミュリ

エルの心の中にすとんと落ちた。

「本当にそう思ってくださっているの？」

顔を上げると、信じないのか？　とクライブは眉を上げた。

「いいえ。でも…、今はとても埃っぽいんです」

もっと綺麗な時に触れてほしかった、といじけると、クライブは破顔し、君の髪はとても綺麗だ、と優しく髪を撫でてくれる。

「嬉しい」

クライブの手にうっとりしていると、再び口づけられた。啄む口づけは、少しずつ長く触れ合うようになる。ミュリエルの唇がクライブの唇に包み込まれ、さらに激しく、貪《むさぼ》るような口づけに変わっていくのはすぐだった。

「んっ、ん…」

強く唇を吸われかと思うと、下唇を甘く嚙まれる。

軽く啄む程度なら応えられるけれど、なにしろ初めての口づけだ。自分はどうすればいいのか、とミュリエルが戸惑っていると、クライブの舌が口腔《こうこう》に入り込んできた。

舌が…っ。

動揺したミュリエルは、クライブのシャツの胸元辺りを握りしめる。

口腔内を探り、舌の裏側や上顎をクライブの舌先が撫でる。むず痒さに身動ぎすると、クライブは身体を起こしてミュリエルに覆い被さってきた。

縮こまっているミュリエルの舌にクライブの舌が絡みつく。逃げ惑うと、さらに追いかけてくる。まるで、狐を追いたてる猟犬のようだ。

求められているという喜びと、捕まってしまったらどうなるのだろうかという恐怖が、頭の中で螺旋《らせん》になって捻《ね》じれ合う。

クライブはミュリエルの舌を易々《やすやす》とからめとり、引きずり出し、甘噛みする。麦藁の寝床に身体が沈み込み、逃げ場のなくなったミュリエルはクライブのなすがままだった。

唾液《だえき》が与えられ、クライブは代わりにミュリエルの唾液を啜り取っていく。絡み合う舌が奏でる淫《みだ》らな音と二人の息遣いが、静かな部屋の中に響き渡る。

息つく暇もなく、吐息すら奪っていく口づけに溺《おぼ》れたようになる。頭の中がぼうっとしてきて、何も考えられなくなっていたミュリエルは、クライブの唇が離れると大きく息を吸って吐いた。どこで息を継いでいいか、わからなかったのだ。

強く吸われた唇はぽってりと膨らみ、熱を持っていた。

「ミュリエル」

名前を呼ばれ、口づけに酔ったミュリエルはとろんとした瞳でクライブを見上げた。

クライブの指が、濡れそぼったミュリエルの唇を拭うと、頤《おとがい》へ、さらに首筋へと流れていく。指先が肌の上を滑っていくのを、ミュリエルはくすぐったく感じていた。

首筋から下りて鎖骨をなぞり、胸元に来たところではっとし、クライブの身体を押した。クライブが何を求めているのかがわかったからだ。

「嫌か？」

クライブの問いに、いいえ、とはっきり答えられなかった。

「夢でも、やはり嫌…か」

小さく呟いたクライブは自嘲《じちよう》的な笑みを浮かべると、すうっと表情を固くした。

ミュリエルは恐れた。感情が表に出ないクライブに戻ってしまうのではないかと。

「クライブ様、私…、あのっ、違うんです。だって…」

望まれた喜びは大きいけれど、この場所で…？　という思いがあった。農家の麦藁の寝床で初夜を迎えるなど、想像していなかったから。

パレネリアでは結婚式を挙げると、その後に祝宴がある。王都の大貴族も村部の農民もそれは同じで、規模と豪華さが違うだけだ。

招かれた客たちは飲んだり食べたり、踊ったり語り合ったり、終わるのはたいてい翌日の未明だ。適当な時間に帰る者もいれば、酔い潰れて寝てしまう者もいる。若者たちの出会いの場にもなるので新たな恋が生まれたりもするし、他人の祝宴で浮気を楽しんだりする不埒《ふらち》者《もの》もいる。

新郎新婦は日が暮れた辺りで、頃合いを見計らって祝宴の会場を後にする。それぞれが別の場所で身を清め、やっと二人きりになれるのだ。

新床を迎える部屋には、疲れを癒してくれるハーブオイルが焚《た》かれ、真っ白なリネンのシーツがかかった寝台が用意されている。

政略結婚が多い貴族にも、愛する人と結ばれる幸せ者はいるのだ。

だから、ミュリエルも夢見ていた。真新しい夜着を身につけ、緊張とときめきの中、愛する人と結ばれることを。そんな乙女の希望が…。

麦藁の…、いいえ！　場所なんてどうでもいいの。

クライブと、愛する人と結ばれることを諦《あきら》めていたのだ。こうしているのは奇跡で、本当に幸せなのだ。

ハーブオイルだって真っ白なリネンのシーツや夜着だって、なくてもかまわないわ。クライブ様がいらっしゃる。私を求めてくださっている。クライブ様の妻になれるのよ！　だけど…。

「湯浴《ゆあ》みをしていないんです」

消え入りそうな声で言った。

クライブは目を見張ると、いきなりミュリエルの首筋に顔を埋めた。

「ひゃん！」

変な声が出てしまった。

「甘い匂いだ。夢でも匂いはわかるものなのだな。私のほうが汗臭いだろう。行水ばかりで湯浴みなどほとんどしていないのだ」

クライブがしゃべると首筋に吐息がかかって、くすぐったい。

「いっ、いいえ。そんなことないです」

臭いどころか、太陽の光をたっぷり浴びた夜具のようなクライブの体臭に、うっとりしてしまっているのだから。

「あのっ、でも、お目覚めになったばかりですし、そう、お腹《なか》も空《す》いていらっしゃるでしょう？　もっと早く気づけばよかったわ。私ったらなんて気が利かないのかしら」

丸一日以上、何も食べていないはずだ。

「ハロルドにも知らせなければいけませんね。何か食べるものを用意してもらいます。お医者様を呼んでもらって、お身体を診《み》てもらいましょう」

クライブの胸をそっと押して身体を起こそうとした。クライブはミュリエルの身体を押さえようとした。ちょうど、クライブの右手に左の乳房がすっぽり包まれてしまう。

ミュリエルは固まった。

「確かに、腹は減っている」

クライブが触れている左胸に熱が溜まってくる。

「クライブ様、あのっ…」

激しい動悸は、クライブの手に伝わっていることだろう。

「皆にも心配をかけているだろうが……」

触れたままの大きな手が、乳房をやんわりと揉みしだく。

「……っ」

「君が欲しい」

熱い眼差しがミュリエルを射抜いた。これほどまでに感情をはっきり出すクライブに、動《どう》悸《き》が一層激しくなる。

クライブの指先が乳房の頂点を削《けず》った。

「ああんっ！」

ぞくりとしたものが背筋を走りぬけ、思わず声が零《こぼ》れた。

今の……なに？

身体の中を走った不思議な感覚も、まるで甘えて媚《こ》びるような自分の声にも、ミュリエルは戸惑った。

クライブはミュリエルの腰の上に跨《また》がって上体を起こすと、自分のシャツを脱ぎ捨てて、筋肉質な上半身を露《あら》わにした。カンテラの光に照らされた美しい裸体に、ミュリエルは釘《くぎ》づけになる。

見下ろすクライブの目は、喉笛を食いちぎろうとする獣のような目だった。それも、雄を強く感じさせる目だ。欲情が表れている。

ミュリエルの身体が火照り始めた。

私は…。

クライブの視線に射抜かれ、ミュリエルは知った。自分の心だけでなく、身体もクライブを求めているのだと。

クライブ様のものになる。

ミュリエルは身体の力を抜くと、ゆっくりと目を閉じた。


口づけが繰り返され、胸元を肌蹴《はだけ》られる。白い乳房の丘が露わになった。クライブに見られているだけで、乳房が張り詰め、勝手に乳首が尖《とが》り始める。

ああ、どうして…。

指で乳首を捏《こ》ねられたミュリエルは、身体を仰《の》け反《ぞ》らせた。疼《うず》きがじわりと身体の中に広がっていく。

「んんっ…っ」

臍《へそ》の下の奥辺りに、言葉では言い表せない感覚が育ってくる。弄《いじ》られると、乳首はぷっくりと尖って赤みを帯び、淫らなものに変化していく。

「ああんっ」

執拗《しつよう》に捏《こ》ねられたミュリエルは、鼻にかかった声を出してしまい、下唇を噛みしめて抑えようと必死になる。だが、すぐさまクライブの指が強引に口の中に差し込まれた。口腔をかき回され、口を閉じることができなくなる。

ミュリエルは声を殺せず、乳首を愛撫《あいぶ》されて甘い嬌声《きょうせい》を上げ続けた。

「ここがいいのだな？」

いい、とは？

「こんなに感じて、硬くなっている」

これが、感じる、ということなの？

クライブが乳首に唇をつけ、強く吸い上げた。

「あぁ…」

両の乳房を揉みしだかれ、交互に乳首を刺激されると、快感がミュリエルを覆い尽くしていく。疼きは身体を侵食して、下腹がぐうっと押されているように感じ、あの場所がうずうずしてくる。

月のものが来たわけでもないのに、あの場所から、とろりとしたものが滲《にじ》み出てくる。それがなんなのかわからないけれど、クライブの愛撫で、自分の身体が変えられているのだと思った。

肌の上を、クライブの大きな掌《てのひら》が産毛を撫でるように滑り、その後を追って、柔らかな唇が啄んでいく。脇腹や臍の周りなどをねろりと舐《な》めるので、くすぐったさに身を捩《よじ》ると、うつ伏せにされて、今度は背中一面に口づけの雨を降らす。

上半身に余すところなく口づけられ、強く吸い上げられ、ちりっとした小さな痛みにさえ感じてしまう。

ズボンの腰紐にクライブが手をかけた。

「あっ…」

思わずクライブの手を押さえた。

クライブは小さく笑うと、ミュリエルの手をそっとどかし、腰紐を解くとズボンを摑む。

「やっ、クライブ様」

ミュリエルは抵抗しようとしたが、ズボンとともに腰の辺りが持ち上げられ、そのまま一気にズボンを下げられてしまった。

すとん、と腰が麦藁の寝床に落ちる。下着も一緒に取られてしまったので、金色の下草が露わになる。

「やっ！」

足を閉じて隠そうとしたけれど、太腿の間にクライブが身体をねじ込んだ。

「髪と同じだ。これも美しい」

恥ずかしくて顔から火が出そうだ。

「見ないでください」

顔を背けて哀願すると、ふわっと下草を撫でられた。

「……んん…っ」

あの場所の疼きが一層強くなって、とろり、とまた奥から滲み出してきた。

クライブはミュリエルの両の太腿を大きく割り広げ、秘めたる場所を露わにする。

「もう蜜《みつ》が滲んで光っている」

「ああっ！」

恥ずかしくて耐えきれなくなったミュリエルは、身体を捻《ひね》って寝床の上から逃げようとしたが、すぐさまクライブに細腰を摑まれた。

「どうして逃げる」

クライブの唇が双丘に触れた。クライブに向かって臀部《でんぶ》を掲げるような体勢になっていることに気づき、ミュリエルは羞恥で全身を染めた。

クライブの手が背後から太腿の内側を撫で、秘部へと伸びてくる。滑《ぬめ》った花弁に悪戯を仕掛けてミュリエルを喘《あえ》がせると、そこへ指を突き入れた。

「っ……！」

ミュリエルは大きく背を反らせた。

たっぷり蜜を蓄えた蜜壺《みつつぼ》に、クライブの指がなんの抵抗もなく収まった。ミュリエルは嫌だと叫んだ。背後にクライブを感じても、姿が見えないから余計に怖いのだ。

「拒むな。こんなに潤んでいるのは、私を待ち望んでいるからだろう？」

くちゅっくちゅっといやらしい音を響かせ、中をかき回し始める。

いっ、痛い！

「くぅっ……」

秘部を広げられる痛みに、ミュリエルは身体を硬直させた。すると、指の動きが止まり、ゆっくりと蜜壺から引き抜かれた。

「すまない、痛かったのだな。気が急いた」

ほっと息を吐いて安堵したのも束《つか》の間《ま》、再び仰向《あおむ》けにされたミュリエルは、脚を左右に割り広げられてしまった。

閉じたくてもクライブの身体があるし、今度は逃げられないようにと、クライブがミュリエルの膝の裏を持ち上げてしまったので、どうにもならなかった。

そんなとこっ！

太腿をさらに広げ、クライブが顔を埋めた。

蜜が溢れ出している隠花の中心を、クライブの舌が這《は》う。滴った蜜を舌先ですくい取り、花弁をちろちろと弄《もてあそ》んだかと思うと、今度は唇で食《は》む。

「ひぃっ」

たまらない愉悦に、ミュリエルは嬌声を上げた。

外には兵士たちが…。

もしも声が聞こえてしまったら、もしも誰かが来たら、と思って必死に押し殺そうとするけれど、どんなに頑張っても抑えることはできない。

クライブは蜜壺に舌をねじ込んだ。熟れ始めた肉筒を掘り起こすように尖った舌先を突き入れる。

「あんっ…ぁ…っ…」

舌の動きに触発されたかのように、秘部がびくびくと蠢いた。

勝手に…。

抑えようとしても、あの場所はミュリエルの意思に反逆する。

「…うう…、っ、ふん…っ」

肉を削られるたび、快感が怒濤《どとう》のごとく押し寄せてくる。ミュリエルは身悶《みもだ》え、蜜を滴らせながら、汗で光った腰を淫らにくねらせた。

快感を与え続けられたミュリエルは、嬌声を上げ続けて息も絶え絶えで、自分がどんな痴態を見せているかなどまったく気づいていなかった。いつの間にか、クライブの三本の指が身体の中で暴れていることにも。

一本だけでもあれほど痛かったのに、まったく痛みは感じていない。それどころか、さらなる愛撫を求めんと、肉の壁がクライブの指を引き止めるようになっていた。

クライブがズボンの前立てを寛《くつろ》がせる。熱く滾《たぎ》ったものが現れた。この段階まで窮屈なズボンの中にしまってあったことは驚きだ。しかし、ミュリエルにはそんな男の事情など、わかろうはずもない。

クライブの分身を目にしたミュリエルは、ただ、啞然《あぜん》とした。

これから行う行為は、漠然とどういうものなのかは知っている。だから、クライブが恥ずかしい場所を愛撫することも行為の一環で、あれを身体の中に収めるのだということも、なんとなく理解していた。

とうとうクライブを迎え入れる時が来た。

でもっ、でもっ、あれは…っ。

あんなに大きなものが自分の中に入るのか。指どころの大きさではないのだ。

時間をかけて執拗な愛撫を施された秘部に、灼熱《しゃくねつ》の塊が押し当てられた。

痛いだろう。苦しいだろう。

想像すると、全身が硬く強張《こわば》る。

「怖いか？」

ミュリエルは正直に頷いた。

「そうか。夢でも怖い、か」

「夢？」

「そう都合よくはいかんものだな」

クライブは自嘲し、切なげな瞳をした。

「ここでやめよう」

何を言い出すのかと思った。こんなにも、クライブを求めているのに。

怖いわ。だって、初めてなんですもの。でも、それってきっと私だけじゃないわ。

新床を迎える娘は、誰しも思うはずだ。

大好きだから、愛しているから、怖くても耐えられるのよ。

「嫌なのだろう？」

「愛しています」

答えとしては陳腐だったが、心からの思いをミュリエルは口にした。クライブは啞然とした顔をし、ふふっと笑った。

「夢とはなんと都合のよいものか」

また夢っておっしゃった。

意味を問おうとすると、下肢が持ち上がった。昂《たかぶ》りが隠花へと押し当てられる。

「あっ」

とてつもない痛みがミュリエルを襲った。

「くぅ……っ！」

狭い肉筒を抉《こ》じ開けられ、身体が真っ二つに引き裂かれているのではないかと思えるほどで、呼吸すらままならない。

「匂いだけでなく、痛みまで感じるとは、自分の想像力には呆れる」

クライブの呟きに、ミュリエルは固く閉じていた目を開いた。

「辛いか？」

覗《のぞ》き込んでくるクライブは、険しい顔をしていた。自分も辛いがクライブも辛いのかもしれない。

「へい、きで…す」

浅く息をしながらなんとか答えると、クライブは繋がった場所を探って、花芽を指先で押し潰したり、下草を撫でたりする。

ぞわっと産毛が総毛立ち、身体が弛緩《しかん》した。すかさず、クライブがさらに腰を押し進める。

「……っ！」

今度は声すら出せなかった。

それを何度か繰り返し、やっとクライブの動きが止まった。

肺から息を押し出すと、熱く巨大なものが、自分の身体の中で脈打っているのを感じる。

クライブがあの場所に収まっているのだ。

クライブが上体を倒して張った両の乳房を鷲摑《わしづか》みにすると、ぐうっと内臓が押し上げられる。

「……ぅ……っ」

敏感になった乳首を捏ねて、クライブはミュリエルに快感を与える。薄れていた愉悦が身体の中に戻ってくる。苦痛と快感がない交ぜになり、ミュリエルは髪を振り乱した。

「動くぞ」

え？

待って、と言う前に、クライブはミュリエルの脚を抱え上げ、腰を引いた。昂りが出ていくのと一緒に、身体の中のものすべてが引きずり出されていくようだ。

「……ぃ……」

悲鳴にもならない。

再び熱の塊が押し入ってくる。

「っ……く……」

角度をいくつも変えて、肉の壁を探るようにクライブは小刻みに肉筒を突く。そうされているうちに、肉筒が柔らかくほどけ始めた。そして、クライブの塊を迎え入れるようになった秘部の痛みは、緩やかに小さくなっていく。

「ひぃっ！」

思わず声が出た。クライブの昂りが突いた一点は、ミュリエルの泣きどころだったようだ。その肉の壁をぐいっと押されると、身体中の力がくたくたと抜けてしまう。

「あぁん…っ…」

「ここがいいのか？」

同じ個所を何度も突かれ、ミュリエルは嬌声を上げた。声を抑えようという意識すら働かない。声を上げずにはいられないのだ。

硬い肉筒が柔らかく変化して、クライブの雄を包み込む。負けまいとクライブが腰を動かす。小刻みだった動きが次第に大きくなって、ミュリエルの身体の奥へ奥へとさらに突き進んでくる。

互いの下肢が密着する。昂りが肉の壁を突き破ってしまうのではないか、と思うほど突き入れられる。

「はぁっ！　…くぅうぅっぁ……」

なんとも形容しがたいものが、腰から放射状に広がった。

「ああ、なんて…、くそっ、たまらない！」

クライブが囁《ささや》く。

クライブを受け入れる痛みは消えてはいないけれど、何度も突かれた浅い場所よりも、深い場所を突かれ、痛みを覆い尽くす大きな波がミュリエルを襲う。

「クラ、ブ……ぁあんっ」

「いいのか？」

いい……って？

クライブが動くたびに卑猥《ひわい》な音が響く。再び蜜が溢れ出したのだ。指で愛撫された時よりも、クライブを助けるように、とめどなく溢れてくるようだ。

「ふっん…、んっ、ああっ！」

「ここかがいいのか？　言ってくれ、ミュリエル！」

「いいっ！　あっ、ああ！　ひっ…ぅ」

きゅっきゅっと麦藁の寝台が鳴いている。

「ミュリエル！」

「クライ、ブ、…まっ」

クライブが手を握りしめてくれる。荒い息遣いのクライブがいる。自分の息も荒く、愉悦の声が止まらない。

愛されることは、獣のようになって互いをあさましく求め、身体の中も外も、すべてを暴かれてしまうことなのだ、とミュリエルは知った。

羞恥と、耐えがたい痛みに襲われ、得も言われぬ快感に翻弄《ほんろう》されるものなのだ、と。

怖い。怖くてたまらない。けれど、クライブに愛されたいと願う。

身体の揺れが一層激しくなる。空から雨が降り注ぐ。

家の中なのに…？　あ、クライブ様の…。

汗が降り注いでくる。クライブが白く発光しているように見える。

ミュリエルの意識がふわりと持ち上がった。そして、身体の奥で何かが弾《はじ》けた。


意識を手放していたのは一瞬だけだったらしい。

ミュリエルはぼんやりとクライブの顔を見上げた。クライブとは繫がったままだったが、今すぐにでも眠ってしまいたかった。

「ミュリエル、まだ足りない。もっと君が欲しい」

身体の中のクライブの分身が再び脈動を開始し、ミュリエルの秘部の中で存在を主張し始める。

とても疲れていた。声を出す力もない。それでも、ミュリエルは微笑んだ。

いくらでも、望むままに。

私のすべてを奪って。

「ああ、ミュリエル」

優しい口づけとともに、再びクライブが動き始める。治まっていた熱が蘇ってくる。ミュリエルの世界が揺らいでいた。ふわふわとしてとても気持ちがいい。溢れてくる快感に、ミュリエルは恍惚《こうこつ》の表情を浮かべる。

「くっ…」

クライブが顔を顰めている。

何がそんなにお辛いの？

霞《かすみ》がかった頭の中でそう思う。

自分の秘部が、クライブを誑《たぶらか》し込んでいるなどとも知らずに。

ああ、まだごめんなさいって言ってない。早く、早く言わなきゃ…。

クライブに抱きしめられ、秘部の最奥を抉《えぐ》られたミュリエルは、身体を仰け反らせて意識を失った。

「クライブ、よく無事で」

兵士たちの帰還を、母や邸の使用人たちが出迎えた。母は涙ぐんでいるようだったが、涙を零すまいと無理に笑顔を作っていた。

「ご心配をおかけしました」

クライブが微笑んだ。それを見た母は、まるで天変地異が起こったかのように驚き、大仰に一歩下がった。

「あなたがそんな顔をするなんて！」

お母様も驚いていらっしゃるわ。

母に顔を覗き込まれたクライブが照れ臭そうに笑うから、母はこれまた驚いて、

「こんなクライブを見たら、旦那様は腰を抜かしてしまうわ」

とまで言った。

確かに、これまでは無言で頷くか、言葉を交わしても笑みを浮かべることはなかったからだ。邸の者たちも不思議そうな顔をしている。


今朝《けさ》、ミュリエルは寝台が揺らぐのを感じて目を覚ました。

一瞬、自分がどこにいるのかわからず肝を冷やしたが、すぐに昨夜《ゆうべ》の記憶が蘇ってきてほっと息をついた。身体のだるさや何もかもが、嬉しいと思える。

視線を動かして隣を見ると、すでにクライブは上体を起こしていた。麦藁の寝床が揺れたのは、クライブが動いたからだろうか。

明かり取りの窓の外は薄紫色に染まっていた。日が昇り始めたのだ。外ではすでに兵士た

ちが起きだしているようで、ざわざわしている。

クライブは目を細めて一点を凝視していた。何かを考えているようだった。ミュリエルは声をかけるのを躊躇った。真剣な面持ちの横顔をしばらく見つめていたが、クライブはミュリエルが起きたことには一向に気づかない。

何をそんなに考え込んでいらっしゃるの？

初夜の翌朝だ。ミュリエルは恥ずかしさと喜びに包まれていたけれど、クライブ様は違うのかしら、と思った。

もしかして、お身体の具合が悪いのかしら。

意識が戻ったばかりで、あんなことをしたのだ。身体に悪かったのではないか、自分との性交がよくなかったのではないか、と不安になる。ミュリエルは身体を起こそうとした。しかし、全身が痛くて起き上がれない。

クライブははっとしてミュリエルに視線を向けた。どこか困惑しているような表情だった。新床明けで照れ臭いとか、面映《おもは》ゆいという感じでもない。笑みも消えてしまっている。

「クライブ様、おはようございます」

明るく声をかけた…つもりだったが、声が掠れていた。喉に手をやり、ミュリエルは赤らめた顔を隠そうと毛布を引き寄せた。

クライブはそんなミュリエルを無言で見ていたが、ふいっと視線を外して正面を向き、目を閉じて気持ちを切り替えるかのような息ひとつつくと、目を開けた。そして、再びミュリエルのほうを向いたクライブは、優しい笑みを浮かべていた。

「おはよう」

ああよかった。昨日と変わらないクライブ様だわ。なんて素敵なのかしら。

ミュリエルは見とれた。クライブの笑顔は貴重だ。それも、こんなに優しい笑顔だ。間近で見る機会などないと思っていたから、天にも昇る心地になってしまう。

心の中で、私の旦那様、と呟く。

「身体は大丈夫か？」

「痛くて動けません。多分、昨日馬に乗ったからだと思います」

掠れた声で答えた。

激しくクライブに抱かれたから…ではなく、一因としてそれもあるのだろうが、馬を走らせてきたことで全身が筋肉痛になっているのだ。

「馬で来たのか。君はここしばらく馬に乗っていなかったのではないか？」

兵舎と訓練場の近くに厩《うまや》がある。ミュリエルが遠乗りに出かけるとしたら、鞍《くら》を乗せた馬が厩から引き出されるはずで、そんな機会がなかったから不思議に思ったのだろう。

「六年ぶりくらいでしょうか」

そんなになるか、とどこか遠くを見るように呟く。

「お父上やお母上は、君がここにいることをご存じなのか？　まさかひとりで…」

「二人ともクライブ様を心配して、快く送り出してくれました」

お父様が渋々だったのは内緒にしなきゃ。

「意識を失われたと邸に知らせが来て、私はすぐに、ボウエン家の兵士の方に護衛していただいてここまで来たのです。お顔を見るまでは不安でした」

「……子供が、飛び出してきたのだ」

「ご安心ください、怪我はありませんでした。その子の家族がクライブ様のために、この家を貸してくれたそうです」

クライブは部屋の中を見回した。

「そうか。ここはあの子供の家か。無事でよかった。手綱を引いて避けたとは思った。だが、蹄《ひづめ》に引っかけた気もしたのだ。落馬する、と思ったころまでは覚えている。私は落馬して気を失ったのだな。情けないことだ」

そんなことはない、とミュリエルは首を振った。

「お疲れが溜まっているのだと、お医者様はおっしゃっていたそうです。逃げた盗賊も捕まえられ、砦に護送されました。クライブ様のおかげです」

「いや、皆のおかげだ」

会話が途切れる。

「あの、本当に痛いところや辛いところはないですか？　今日もお医者様が来てくださるとハロルドは言っていましたが」

「平気だ。私よりも君のほうが大変そうだ。医者に診てもらうかい？」

上体を倒してクライブが含みを持たせた笑顔を近づける。

う…、こんなお顔をなさるなんて。

そのまま口づけられたミュリエルは、唇が離れると火照った顔を隠すように、目の下まで毛布を引き上げた。

外では兵士たちが朝食の支度を始めたようだ。馬の嘶きも響くようになった。水や飼葉《かいば》をもらっているのだろうか。

クライブは寝床から出ると、ミュリエルに背を向けて脱いであった服を身に着け始めた。クライブの背中に赤い線が二本走っている。まるで、爪で引っ掻いたような真新しい傷だ。お怪我？　…あっ…。

ミュリエルは自分がしがみつき、爪で引っ掻いてしまったのだと気づいた。クライブがシャツを着たのですぐに見えなくなったけれど、生々しい痕《あと》を目の当たりにしてしまったミュリエルは身の置きどころがなく、クライブが身支度を済ませてしまったので、自分も、と慌てて起き上がろうとした。

「辛いのだろう、横になっていろ。身体を拭く湯をもらってくる」

確かにどこかべたついた感じがする。素直に頷くと、ミュリエルの髪を梳いたクライブは、待っていろ、と外に出ていった。その後、自分の身体中につけられた赤い口づけの痕を見て、さらに狼狽《ろうばい》することに、ミュリエルはこれっぽっちも気づいていなかった。

心の中がほんわりと温かくなる。幸せだと思った。これが本当の幸せなのだ、と。激しく求められた身体は辛かったけれど、その痛みこそが幸せの証なのだと思える。

幸福感と充実感に包まれ、顔が緩んできてしまう。うふっ、と笑いが零れる。ミュリエルは誰も見ていないのに、顔を毛布で覆った。

うおーっ！　という声が聞こえてきた。クライブが元気な姿を見せたからだ。外の様子は窺えないが、兵士たちが拳を振り上げているのは想像できた。感極まったような叫び声や、吠えるような声も聞こえてくる。

「さあ野郎ども、帰るぞ！　とっとと飯を食えーっ！」

ハロルドの大声が響くと同時に、一層、歓声が高まった。

結局、馬に乗れる状態ではなかったミュリエルは、馬車に乗って邸に帰ってきた。ハロルドが少し離れた商家で借りてきたのだ。

馬車にはクライブが抱いて乗せてくれた。よろよろと歩くミュリエルを見かねてだったのだろうが、外に出たところでいきなり抱き上げられた時は、心臓が止まるかと思った。慌てて下りようとしたけれど、暴れると落としてしまうぞ、とクライブはミュリエルの頬に口づける。

出発を待ってざわついていた大勢の兵士たちが、しーんと静まり返った。クライブが人前でこんなことをするとは思わなかったのだろう。もちろん、ミュリエルの驚きは兵士たち以上だった。

ミュリエルは石膏像《せっこうぞう》のように固まっていた。身体は固まっていたが、心臓は壊れそうなくらい激しく動いていた。

クライブ様って、こんな方じゃなかったはずなのに…。

嫌なのではない。人目も気にせずこんなふうに大事にされるのは、夢のように幸せなのだから。ただ、これまでとの差が激しすぎて、頭の中で二人のクライブが繋がらないのだ。

ミュリエルは耳まで赤くなった顔を、クライブの胸に埋めた。恥ずかしいだけではない。昨日愛された身体には余韻が残っている。触れられると深部の疼きが呼び醒《さ》まされ、もじもじしたくなってしまうから、鎮めようと必死だったのだ。

「諸君、これはミュリエルと仲のいいところを見せびらかしているわけではないぞ。昨日馬で走って身体が痛いというから、運んでいるのだ」

クライブが苦笑しながら説明すると、兵士たちの間にどっと笑いが起こった。馬にも乗れないのかと軽蔑《けいべつ》されたのでは、と思いきや、そうではなかった。兵士たちは皆、俺も昔訓練で長時間乗った時は起きられなかったなぁ、と己の過去を振り返って、ミュリエルに同情を寄せていたのだ。

兵士たちは好意的だった。後先考えずに来てしまったミュリエルのために、あちらこちらの農家にいろんなものを借りに行ってくれたし、馬車の手配などで帰邸が遅れても、文句を言う者は誰もいなかった。

ミュリエルが来てクライブの意識が戻ったこと、驕《おご》ることなく、控えめすぎるほどのミュリエルだったから、悪い感情を持つ者はいなかったのだ。

私が代わりに姫をお運びします、とおどけて声をかける者に、クライブは蹴りを入れる真似をし、クライブ様の鼻の下が長くなっていないか、と笑う者には、羨ましいだろうと言い返した。

クライブ様が兵士たちとじゃれ合うなんて、と驚いている間も、兵士たちは口々に好き勝手なことをクライブに言いつつ、ミュリエルには、よくここまで走ってこられました、と褒めてくれる。にこにこしている皆の視線がくすぐったかった。

兵士たちは農家の周りで野営をしていたから、自分の嬌声が聞こえたのではないか、と心配していたけれど、誰もクライブと一夜をともにしたとは思っていないようで心底安堵した。

残念だったのは、クライブが馬車に乗らなかったことだ。邸に戻るまでにはたっぷり時間がある。二人きりで誰にも邪魔されずに話せる絶好の機会だったが、謝罪するのは邸に戻ってからとなってしまった。

これから機会はいつでもあるわ、きっと…。

馬車につき添うように、クライブは馬を走らせていた。傍にいる。傍にいてくれる。窓から外を覗くと時折視線が合い、ミュリエルが小さく手を振ればクライブは微笑んでくれて、時々手を振ってくれた。

全身が痛くて、馬車の揺れはクライブを受け入れたあの場所に響くけれど、身を乗り出したミュリエルは、騎乗した凜々しいクライブの姿を窓から見続けていたのだ。


「解散！」

凜とした母の声が響いた。兵士たちが母に向かって一斉に礼を取る。

ボウエン家の兵士たちはしばらくモラード家に駐留してくれる。討伐に長く出ていた兵士たちは、気兼ねなく休めるだろう。

「ミュリエル、疲れた顔をしているわ」

「馬に乗って、身体が痛いのです」

クライブに愛されたあの場所にも鈍痛が残っているから、歩き方がぎこちないのだ。

「だから馬車で帰ってきたのね。そのワンピースはどうしたの？」

ハロルドは馬車を借りた商家の妻に、ミュリエルの着替えも借りようとした。だが、出てきた妻があまりにふくよかだったので諦めたのだ。その代わり…。

「農家の奥さんの晴れ着です。着替えも持たずに出たので、ハロルドが手配してくれました。お礼に新しい服を贈ってもいいですか？」

そうなさい、と母は言った。

「お父様のところへご挨拶に参ります」

「いいえ、今日はもう休みなさい。あなたが無事に戻ってきたことはお知らせしてあるし、顔を見れば話が長くなりそうだから、明日いらっしゃい。ミュリエルのお部屋に軽食を運んでちょうだい。それと、皆が無事に戻ってきてくれたので、近いうちに祝いの宴を催します。台所頭に食材などの準備をしておくよう伝えて」

母はテキパキと決めて、ノーマンに指示を出す。

「私は伯爵に直接ご報告したいのですが。これからお伺いしてもよろしいですか？」

クライブが言った。

「そわそわして首を長くしているはずよ。ハロルドも来てちょうだい」

「もちろんです。お館様のご様子は？」

「我儘ばかりなのよ」

「それは重畳」

母とハロルドが笑いながら回廊を別棟に向かい、おやすみ、とミュリエルに声をかけたクライブも二人の後を追う。

三人を見送ると、ノーマンが寄ってきた。

「ミュリエル様、湯浴みの準備は整っております。お召し物も、その…、お着替えになられてはいかがでしょうか」

「素敵でしょ？」

裾をちょいと摘《つま》むと、マーサが眉間に皺を寄せた。

「ハロルド様はやはり男の方ですね。ミュリエル様にふさわしいものをご用意できなかったのでしょうか？」

母がいなくなった途端にこれだ。

「一番いい晴れ着を貸してくれたの。きっと一度くらいしか袖を通していないのではないかしら。大切にしまってあったのに、私のために出してきてくれたのよ」

伯爵家の令嬢が身に着けるようなものでないのは確かだけれど、できる限りのことをしたいという彼女の心が嬉しかったのだ。

「ですが、あまりにも…」

母はわかってくれたのに、マーサにはわからないらしい。話しても無駄だと思った。

「ノーマン、クライブ様のお部屋の準備はできているの？」

「はい、準備は整っておりますが、実は、北側のお部屋しかご用意ができませんでした」

ノーマンが申し訳なさそうに言った。

「いつもの南の二階のお部屋は？」

兵舎や厩は建物の北側で、兵士たちの訓練や馬の嘶きなどで何かと騒がしい。けれど、クライブ用の南側の部屋は兵舎から一番遠く、静かで日当たりがいいのだ。疲れているクライブには、暖かくて静かな部屋でゆっくり過ごしてほしかった。

「どうして使えないの？」

ミュリエルが不思議そうな顔をすると、マイルズが使っているのだとノーマンは気まずそうに言った。

幸せに浸っていたミュリエルは、邸には煩わしい問題が残っているのをすっかり忘れていたのだ。

「アリア様ご家族に、ジョン様、ハンス様もおいででしたので、南の部屋が空いているのならマイルズ王子にとマーサが申しまして、部屋を替えてしまいました。申し訳ございません」

「あそこはクライブ様のお部屋なのに…」

「南のお部屋はいつも空いていました。エルゴラの王子にはやはり一番いいお部屋を使っていただくのがよろしいかと考えたのです」

当然のことをしたと思っているようだ。

ミュリエルは冷静になろうとした。使用人を叱りつけても解決しないのよ、と母に言われていたからだ。

母は伯爵夫人の立場に胡坐《あぐら》をかくことはしない。偉ぶることなくいつも朗らかで、優しく使用人に接する。時には厳しく差配することもあるけれど、声を荒らげることはない。淡々と言い含めるのだ。

夫を尊敬し、愛し、母は寝ずに父の看病をしていた。その姿に、ミュリエルは自分もこうありたいと思った。母は理想の伯爵夫人像なのだ。

マーサが気ままに振る舞っていることを母は知っている。自分の代わりを務めようと頑張っているのもわかっている。だから、父が元気になるまでは好きにさせておけばいいと思っていたようだ。しかし、父の快癒はまだ先だろう。母も、父本人も、これほど長引くとは想像していなかったのだ。

お母様の代わりが私に務まるかしら…。

自信はなくてもやらなければならない。

「マーサはエルゴラ人ですもの。祖国の王子ですものね」

たとえ、道化のような格好をしたマイルズだったとしても、と心の中でつけ加える。

そういうわけではないのですが…、とマーサは言い淀《よど》んだ。

「モラードの邸は元々部屋数が少ないし、お母様の代わりに邸内を切り盛りするのは大変だということはわかるのだけど…」

ふと、あの二人はまだいるのだろうか、と思った。いないのならもう少しマシな部屋を用意できる。

「ハンス様とジョン様は？」

「本日はお二人で朝食をお召し上がりになった後、マイルズ王子がお部屋に呼ばれて、長く語らっていらしたようです」

「あの二人が？」

ジョンとハンスは水と油だ。嗜好《しこう》や考え方がまったく違うのだ。モラード家で顔を合わせても、これまでろくに話もしなかったし、互いを避けているように見えた。そんな二人が一緒に朝食を摂って、あのマイルズと仲良くしているなど想像できない。

「まだお帰りにはならないのね」

いつまでいる気なのか。二人はマイルズより害はないけれど、三人で何をしているのか気になるところだ。三人いっぺんにいなくなってくれれば清々するのに、と思う。

「お母様は、クライブ様のお部屋がないことをご存じなの？」

マーサはばつが悪そうな顔をした。勝手に手配したのだろう。

「クライブ様が戻ってこられることはわかっていたはずなのに」

マイルズは招かれざる客だ。不敬にならない程度の接待をすれば十分で、モラード家としては大切にする必要はないのだ。

「クライブ様はいつも兵舎にお泊まりで、あのお部屋を使われることはないですし、上等なお部屋を空けておくのはもったいないと思ったのです」

マーサがいつもクライブ様を蔑《ないがし》ろにするからじゃない。

ミュリエルはそう言いたいのを我慢した。

「クライブ様はまだボウエン家のご子息なのよ。それなのに、危険を承知でモラード家のために兵を率いてくださった。お父様のように怪我を負うかもしれない。もしかしたら死ぬかもしれないというのに。マイルズ王子と比べてどちらがモラード家にとって大事か、マーサにもわかるでしょう？」

「ですが、北側の部屋を宛《あて》がうなど…」

「お招きしたわけでもないのに？」

いっそ出ていってくれと言いたい。

「朝からお菓子やお酒を食べて飲んで遊んでいられるのも、クライブ様やハロルドや、兵士たちが何日も野営しながら所領のために働いてくれたからなのに」

黙してしまったマーサに、ミュリエルは溜息をついた。

「わかっているわ。誰かがあの方を、お客様たちを接待しなければならないことは」

父と母に、マイルズとあまり接触しないよう言った叔父は、自分が連れてきてしまったからと、かなりの時間をマイルズに費やしてくれていた。だが、叔父も商いのことを考えなければならない。再開のため、すぐにでも王都に向かいたいはずだ。

ノーマンには邸全体を取り仕切ってもらわねばならず、そうなると、動けるのはミュリエルとマーサだけだ。マーサは最近マイルズにつきっきりで、自らマイルズ付きの使用人のように世話を焼いていた。

私がマイルズ王子を避けているから、マーサが肩代わりをしてくれているのよね。それはそれでありがたいことなのだ。

「内輪で揉めていても仕方がないわ。でも、困ったわ。マイルズ王子に北側に替わってくれとは頼めないもの」

頼んでも、マイルズはうんとは言わないだろう。

「マイルズ王子のお衣装が大量に持ち込まれておりますので、北のお部屋では収まりきらないかと思われます」

「ああ、そうだったわね」

国から出るにしても、あんなにたくさんの衣装を抱えてくるのは女性でもいないだろう。湯浴み用のバスタブまで運んできたというのだから、驚きだ。

父と母に別館から動いてもらおうか、いやそれはどうか、あーでもないこーでもないと、ミュリエルとノーマンが話している傍で、マーサは所在ない様子で佇《たたず》んでいた。

「私がクライブ様にお詫《わ》びして、北の部屋を使っていただくようにお願いします」

ノーマンが言った。

「でも、それではあまりにも…、お母様とお父様にお願いしてみます」

「寝られるなら私はどこでもかまわないよ」

背後で明るい声が響いた。いつの間に戻ってきたのか、クライブが立っている。

マーサはぎょっとした顔をし、ノーマンは微かに目を見張った。

うふっ、二人ともびっくりしているわ。

ミュリエルはにやつく口元に手を当てた。

「おっと、驚かせてしまったかな?」

マーサとノーマンは突然現れたクライブに驚いたのではなかった。

これまでのクライブなら、まず、ミュリエルたちの話が終わるまで絶対に声をかけない。無言で自分に気づくのを立って待っていただろうから。こちらがクライブの存在に気づいても…。

「伯爵夫人に言われてね、噂の南の部屋に行こうとしていたところだったのだよ。三人の声が聞こえたから、ミュリエルはまだこんなところにいるのかと思ってやってきたんだ。いや、話していてくれてよかった。王子の部屋に踏み込んでしまうところだったからね」

と長々しゃべり、危ない、危ない、などと頭を掻きながら会話に入り込んでくるなんてことは、天地がひっくり返っても、万にひとつもないのだ。

「それは、大変なことになるところでした」

申し訳ございません、とミュリエルが頭を下げると、君が詫びることはないんだよ、と肩に手を置く。

「モラード伯爵に動いていただくことはないよ。兵舎にはボウエン家の兵士もいるし、ハロルドに頼んで兵舎の部屋をひとつ確保してもらうから、私のことは気にしなくていい」

「兵舎は混雑しています。邸でゆっくりなさってください」

「野宿を考えれば、あ、昨日は麦藁の寝床だったが…」

クライブがミュリエルを見て目を細めるので、ミュリエルは顔が赤くなるのを感じた。

「どこでもかまわないんだよ」

「でしたら、私のお部屋を使ってください。色は…クライブ様のお好みではないかもしれませんが、北のお部屋より気持ちよく過ごしていただけます」

「ミュリエル様、レディが殿方を部屋へ誘うなど」

マーサが眉根を寄せる。

「だって、マーサがマイルズ王子に部屋を譲ってしまったから…。それに、私はお母様のお部屋か北のお部屋に移るわ。変な言い方はしないで！」

抑えていたイライラがついに出てしまった。クライブとの一夜を気づかれたのではないか、と焦ったのもあり、ごまかすためにマーサを責めてしまったのだ。

「ミュリエル、私のために怒らないでおくれ」

クライブがミュリエルの手を取って囁いた。

マーサはぽかんとした顔をした。

「君の誘いは非常に魅力的だが……」

ミュリエルの手の甲に、クライブは自分の唇を押し当てる。

ここで、これまでほとんど変化を見せなかったノーマンが何度も瞬《まばた》きをした。目の前の状況を、現実か、非現実か、頭の中で解析しているのかもしれない。

「私は用意してくれた部屋に行くよ。君も早く休んだほうがいい。疲れているだろう。馬を飛ばして私のもとに馳《は》せ参じてくれたのだから」

「はい。ありがとうございます」

ミュリエルがはにかんだ笑みを浮かべると、クライブはミュリエルの耳元で囁いた。

「…昨夜のこともあるしね」

頬を染めてミュリエルが頷くと、クライブはさらに、それから、と続けた。

「湯浴みは誰にも見せないほうがいい」

裸体を見られたら、何があったか一目瞭然《りょうぜん》だ。クライブがつけた印が身体中にたくさん残っているのだ。

耳まで赤くしたミュリエルを、マーサが訝《いぶか》しげに見ている。

「お父様の診察にお医者様がおいでになりますから、クライブ様ももう一度診ていただいてはいかがでしょう」

ミュリエルは慌てて話題を変えた。

「私は大丈夫だが、君がそう言うのなら診察を受けよう。約束するよ」

マーサが何か言おうと口を開きかけたが、それを遮るようにノーマンが割り込む。

「それではクライブ様、北のお部屋にご案内いたします」

「うん。世話になる。迷惑をかけるね。ああ、書き物机がひとつ欲しいのだが…」

すぐにご用意いたします、とノーマンは深く頭を下げた。さすがにノーマンは、動揺をすぐに消し、平静に対応している。

「ありがとう。それからマーサ、ミュリエルを頼むよ」

クライブに言葉をかけられたマーサは、棒でも飲み込んだように突っ立っていたが、ノーマンに促され、顔を引きつらせながら腰を折った。

「寝坊しちゃった！　どうして誰も起こしてくれないの」

翌朝、ミュリエルが目覚めたのは日が高くなり始めた頃だった。いつもなら起こしに来る侍女が来なかったのだ。

しかしすぐに、いなくてよかったと思った。着替えるのに裸を見られたら、それはそれで困るのだ。

昨日も手伝おうとする侍女たちを断るのが大変だった。一日経っても、クライブのつけた赤い痕は消えていない。なので、ミュリエルは身体中が痛むのを我慢しながらひとりで身支度をした。一日経ったくらいでは、口づけの痕と同様に、馬に乗った疲れは取れないようだ。

私だって身支度はひとりでできるわ。髪の毛の跳ねが、ちょっと直らなかったけれど…。

髪形を気にしながら食堂へ行くと、クライブと叔母の家族が和気藹々《あいあい》とテーブルを囲んでいた。

「おはようございます」

モラード家は各自が食堂で朝食を摂るのが暗黙の了解だ。父も母もミュリエルも同じような時間に起きて食堂へとやってくるので、父が怪我をするまでは、家族でテーブルを囲むのが常だった。

来客にはそれぞれの部屋まで朝食を運ぶ。だが、叔母たちはひとりでいるミュリエルを気遣い、こちらに来てからはずっと食堂で朝食を摂ってくれていた。だから、食堂にやってきたクライブと重なったのだ。

「おはよう、よく眠れたかい？」

　クライブは朝食を食べ終えているようだ。

ミュリエルはクライブの近くに座りたかったが、クライブの両隣は叔母の子供たちが占領していた。

　クライブが立ち上がってミュリエルを迎える。

「髪が浮いているよ」

　寝癖を手櫛で梳《と》かし、空いている椅子を引いてくれる。

　壁際で待機している給仕たちが、その様子を凝視していた。クライブの行動に驚いているのだろう。

「ありがとうございます。寝坊してしまって…」

「ミュリエル、大変だったわね。今、クライブ様からお話を聞いていたの」

「討伐も無事済んだそうだね」

　叔母夫婦はミュリエルを労《いたわ》ってくれた。

　美味しそうな湯気が上がっている大麦の粥《かゆ》が、ミュリエルの前に運ばれてくる。いただきます、と匙《さじ》を手にしてクライブを見ると、子供たちと何やら楽しそうに話していた。子供たちは今朝初めてクライブと会ったはずなのに、すでに懐いてしまったようだ。

　粥を食べ始めてしばらくすると、私は先に失礼するよ、とクライブが言った。寝坊した自分が悪いのだが、ろくに話もしていない。

「もう行かれるのですか？　どちらに？」

問いただすように聞いてしまった。これではまるで悋気《りんき》持ちの妻のようだ。急いで、今日くらいゆっくりなさったらいいのに、と言い添える。

「この子たちの兵舎見学につき合うことになってね。その後は、伯爵と領民の補償の話をしなければならないし。ああ、そうだ。君と約束した通り、医者にも診てもらうよ」

「お忙しいのですね」

ミュリエルはがっかりした。クライブが討伐から帰ってきたら、二人きりの時間が持てると思っていたのだ。

子供たちははしゃぎながら椅子から下りた。

「ミルクがまだ残っているぞ」

クライブに言われ、二人は慌てて椅子に座り直すと、ミルクのゴブレットを手にする。どういうことかしら？　と叔母が笑った。ミュリエルが首を傾げると、二人ともミルクが苦手なのだと叔父が話してくれた。子供たちは残していたミルクを一生懸命に飲んでいる。

「これから朝食は、クライブ様とご一緒させていただきましょうか。毎日ミルクを飲んでくれるわ」

「本当？　一緒に食べてもいいの？」「いいの？」

二人は目を輝かせる。

「クライブ様はお忙しいから一緒には無理よ」

叔母が言うと、二人はかわいそうなくらい、しゅんと萎《しぼ》んでしまった。

「毎日はお約束できませんが、できるだけご一緒させていただきますよ。もう全部飲んだかい？」

それを聞いた二人はたちまち残りを飲み干した。椅子から下り、クライブの脚にまとわりつく。クライブは二人の口の端についた白いミルク髭を拭き取ろうと、ナプキンを手にしゃがんだ。叔母が慌てて席を立ったが、かまいませんよ、とクライブは口元を拭いてやる。子供たちはクライブの手を引いて、早くと急かした。

「もう、あなたたちは…。クライブ様、よろしくお願いします」

「ご心配なく」

はしゃぐ子供たちに手を引かれて食堂を出ていくクライブを、使用人たちの視線がずっと追っていく。

彼らはクライブから、おはよう、と挨拶されてどんな顔をしたのだろう。初めて目にするクライブの笑顔や態度に驚きの連続だったはずだ。クライブを見送る視線がこれまでと違うのがありありとわかる。

寝坊しなければよかった。

見逃したのが残念だ。

「ごめんなさいね、ミュリエル。忙《せわ》しなくて。やっとクライブ様がお戻りになったのに」

「叔母様たちが来てくださったおかげで邸は明るくなったし、こうして大勢でテーブルを囲めるのも嬉しいわ」

などと言いながら、内心、子供たちの存在を恨めしく思っている自分がいる。しっかりと繋がれた手を見つめ、男の子でよかったなどと考え、女の子だったら嫉妬していたのか、と愕然《がくぜん》とし、ミュリエルは自己嫌悪する。

あんなにかわいい子たちなのに。私ったら…。

ミュリエルの心の内など知るはずもないクライブは、振り向きもせずに行ってしまった。クライブをひとり占めできると思っていたことが恥ずかしい。自分はクライブのものになったけれど、クライブは自分だけのものではないのだ。

微笑んでくださるようになったし、クライブ様から声もかけてくださるじゃない。遠くからこっそり姿を見ている頃から考えれば、雲泥の差だ。これで十分じゃない、と自分を慰めてみる。

けれど、台所頭自慢の美味しい大麦の粥が味気なく思え、叔母夫婦との会話もつまらなく感じてしまう。叔母たちに申し訳なくて、早々に朝食を済ませて食堂を出ると、ちょうどマーサがやってきた。

「おはよう、マーサ」

「ミュリエル様、朝食を済まされてしまったのですか？」

叔母様たちとご一緒したわ、と伝える。クライブの名は出さなかったが、マーサは顔を曇らせた。

「マイルズ王子が、マイルズ王子のお部屋でジョン様とハンス様と朝食をご一緒に、とおっしゃっておいでなのですが」

「私も？」

あの三人と食事なんて嫌よ。ジョン様もハンス様もいい加減、自分の邸に帰ってくだされぱいいのに。

「ミュリエル様がお誘いを断ってばかりなので、マイルズ王子は寂しそうになさっていらっしゃいますよ」

ブランチ、お茶、夕食、さらに夜食と、マイルズは食べて飲んでしゃべってだらだら過ごしている。邸の庭をぶらりと歩き、兵舎をひやかしに行き、モラード家の馬を勝手に引き出して乗ったりもしているけれど、その都度ミュリエルに声がかかるのだ。

先日のブランチもそうだ。マイルズの起床が遅いので、朝食を食べたのにミュリエルはつき合わされた。

「私がいなくても失礼にはならないと思うのだけれど…」

朝食ぐらいは楽しく食べたい。

「お話のお相手だけでよろしいのですよ」

何を話せというのだろう。

ミュリエルは引っ込み思案で、場を盛り上げるような会話が得意ではなかった。それに、マイルズはひとりでずっとしゃべっていて、たまに話を振ってくるけれど、頷くだけで満足するのでミュリエルは口を開く必要がないのだ。

「私は婚約した身です。夫となられる方以外の殿方と、むやみに同席するのは…」

早くお父様のところに行きたいのに。

今日は遅くなってしまったが、いつもならとっくに朝食を終えて、父のところへ顔を出している時間なのだ。

「ミュリエル様、あれは婚約ではございません。盗賊団討伐のために、お館様の代理を選んだだけでございますよ」

マーサはとんでもないことを言い出した。

「お父様の代わりをお願いしたのは事実よ。でも、お父様もお母様も認めてくださっているわ。私はクライブ様に腕輪を渡し、クライブ様も受け取ってくださった」

「婚約も公にしていないのに、腕輪を贈ってしまうなどとんでもないことでございますよ」

「無事にお戻りになってほしかったからよ」

結婚式の日取りも決めるはずだった。クライブが急遽《きゅうきょ》、兵を率いることになってしまったから、決められなかっただけなのだ。

「お父様のところに行きたいの。昨日はお顔を見ずに寝てしまったから、心配なさっていると思うの」

「そのことでございます。お客様を放って、ミュリエル様が席をお立ちになったことにも驚きましたが、そのまま馬に乗って兵士とともにお出かけなさったと聞いて、私がどれほど驚いたか」

「それは…」

クライブのもとに走ったのはレディとして褒められたことではない。ミュリエルもわかっている。けれど、行ってよかったと思っている。

夢のような一夜だったのだ。

「私には相談もしてくださらない」

言ったらあなたは絶対に反対するじゃない。

「奥様まで私に内緒で…」

マーサが袖口で目頭を押さえる。

「心配をかけたのは悪かったと思っているわ」

「お客様から、ジョン様から、ミュリエル殿は出かけたらしいと聞いた私は…」

ううう…、と泣き始める。

ジョンが侍女から聞いて、それがマーサに伝わったようだ。乳母の立場で知らなかったのは恥ずかしいことだったのだろう。

「ごめんなさい、マーサ」

「ミュリエル様を大切にお育てしてまいりましたのに…」

マーサの話を聞いていると、自分がとても悪いことをしてしまったような気持ちにさせられる。

「あなたを蔑ろにしたわけではないの。私も、お母様だって、あなたの気持ちは十分わかっているわ」

「本当でございますか？」

「ええ」

「私の思いがきっと通じると信じていました」

マーサは涙を拭くと晴れ晴れとした顔をして、それではマイルズ王子の部屋に参りましょう、と言った。

「えっ？」

「かなりお待たせしてしまっていますよ」

どうしてここでマイルズ王子が出てくるの。

「行かないって言ったのに…」

「ミュリエル様、私の思いをわかってくださったのではないのですか？　お客様なのですよ」

「モラード家が招いたのではないんだけど…」

そこから、ひとしきりマーサの小言が始まった。モラードの邸に入られた方は皆お客様なのだから、大切にしなければならないと言う。

「だったら、クライブ様だってモラード家のお客様よ」

それは…とマーサが怯《ひる》んだが、今はクライブ様の話をしているのではありません、と譲ろうとしない。

「マイルズ王子のお相手なら、私が行こう。私がここにお連れしたのだから」

叔父が食堂から出てきて、助け船を出してくれた。

「ミュリエル、お父上が待っていらっしゃるよ。行きなさい」

「ガイ様、マイルズ王子はミュリエル様を、と…」

「まあまあ、そう言わず」

叔父は振り返ってウインクすると、マーサを押して階段のほうへと向かっていく。

ミュリエルは溜息をついた。

「私たちがマイルズ王子を連れてきてしまったから、面倒なことになってしまったのね」

傍に来ていた叔母が、力ない声で謝った。

「叔母様、聞いていらしたの？　すみません、お恥ずかしいところを…。祖国の王子だからでしょうか、マーサが張りきってしまっているの」

「それだけならいいのだけれど、あの方はあまりいい噂を聞いたことがないのよ」

叔母の表情は曇りがちだ。

「叔母様、お父様のところへご一緒しませんか？　昨日すぐに寝てしまって、私は戻ってきてからまだお父様にお会いしていないのです」

ミュリエルは努めて明るく誘った。

「ええ、行きましょう。クライブ様には申し訳ないけれど、子供たちがいない間に行って、ゆっくりお話できたらと思っていたの」

二人は肩を並べて父のもとへと向かう。

「子供たちが他所《よそ》の人に、それも初対面であんなに懐くのって、初めてなのよ。クライブ様はとてもいい方ね。明るくて朗らかで」

ミュリエルはふふっと笑った。

明るくて朗らかだなんて。以前のクライブ様を知ったら、叔母様は驚くでしょうね。

「夫ともさっき話していたの。これでモラード家は安泰だって。あの方ならきっと、あなたを幸せにしてくださるわ」

クライブ様は変わられた。私を愛してくださったあの日から…。

二人がひとつになって、クライブは婿になることだけでなく、自分のことも受け入れてくれたのではないか、とミュリエルは思っていた。そして、今のクライブなら、モラード家の使用人たちに受け入れられるだろう、と。

マーサもいつか、クライブ様のことをわかってくれるわ。

「クライブ様、少しお休みになられてはいかがですか？」

ミュリエルはノーマンとともにクライブの部屋を訪れた。休むつもりで夜着に着替えたミュリエルだったが、クライブはまだ仕事をしているのではないかと思い、ノーマンにお茶の用意を頼んで一緒に運んできたのだ。

「いい香りだね」

クライブはまるで犬のようにくんくんと鼻を鳴らした。かわいらしいしぐさに、思わず微笑んでしまう。ノーマンがカップにお茶を注ぐと、馥郁《ふくいく》たる香りが部屋に広がった。

「ハーブティーか。ありがとう。いただくよ」

クライブは湯気に顔を埋め、疲れを癒《いや》す効果のある香りを楽しんでいる。

寛ぐクライブの顔をじっと見つめる。朝食でしか顔を合わせないし、日中は出かけていることも多いから、貴重な時間なのだ。夜も簡単に済ませて仕事に戻ってしまう。クライブは晩餐《ばんさん》にも出ない。マイルズの長話につき合わされる晩餐は、ミュリエルも辟易《へきえき》していて、体調がよくないと言っては、叔母や子供たちと叔母の部屋で食べていたりするけれど。

朝食だって、子供たちと約束なさったからで、私に会いに来てくださっているわけではないもの…。

子供たちと楽しげにしている姿を、反対側から見ているだけ。

「葡萄酒《ぶどうしゅ》でもお持ちしましょうか？」

ミュリエルにもお茶を淹れながら、ノーマンが問うた。

「これで十分だ。ありがとう」

クライブはお茶を啜り、ふうっと大きく息を吐いた。

「立っていないで座ったらどうだい」

クライブが傍らのオットマンを示す。ミュリエルは腰掛けて、クライブのようにハーブティーの香気を楽しんでから一口啜った。

「まだお仕事をなさるのですか？」

「事務仕事は不慣れなのでね。どうしても時間がかかってしまう。お茶のおかげで元気が出たよ」

そう言いつつ、目頭を押さえているクライブに、ミュリエルは顔を曇らせた。

いる。日中は父の執務室を使っているクライブだが、夜は自室に持ち込んで遅くまで仕事をしている。盗賊団の被害に遭い、怪我をしたり亡くなったりした領民への見舞いや、税の免除手続きなどの後処理に追われているのだ。

ゆっくり話す機会を作ろうと、夜に殿方の部屋を訪ねるのは不謹慎だとわかっていながら、ノーマンについてきてしまった自分が恥ずかしい。

「お疲れなのですね」

討伐から戻った翌日から、クライブは仕事に取りかかり、ハロルドや兵士たちと出かけて、いろんな手続きのために奔走しているというのに。

「モラード伯爵が大まかな指示を出してくださるからありがたい。ノーマンも助言をくれるしね。それに沿ってなんとかやっているよ」

「しばらく休養をお取りになってからでもいいと思うのですが…。お身体を壊されるのではないかと心配です」

「まだ盗賊団を追って野営していたほうが楽だったかな」

クライブが肩を竦め、凝っているのかそのまま肩を回した。

ミュリエルは立ち上がるとクライブの背後に回り、クライブの肩を揉み始めた。固く凝っているところを、指先に力を入れて揉みほぐす。

「お楽になさってください」

クライブは身体の力を抜いて背もたれに寄りかかり、伯爵令嬢自らこんなことをしてくれるのかい？　と嬉しそうな顔をした。

しばらく肩を揉んでいたミュリエルは、首や頭に指先を移動した。母が父にしていたマッサージだ。父は目を閉じて幸せそうな顔をしていた。肩だけでなく、首や頭を揉んでもらうと、視界が明るくなったり、頭がはっきりしたりするらしい。

「とても気持ちがいいよ」

「母が父にしているのです。同じ体勢で動かずにいると、身体が固くなってしまうようで」

腕が動かせない父は肩こりも酷く、肩こりから首が張るようになり、頭まで重くなってしまうのだと言っていた。

「普段何気なく動かしているので気がつきませんが、腕はとても重いものなのですね」

父の右手を持った時、とても重く感じたのだ。

「起きている時と眠っている時では、眠っている時のほうが重く感じるかもしれないな」

「父の右手はもう動かないので…」

「期待を持たせるのはよくないが、諦めてしまうのもいけない」

絶対に動かないとは医者も言っていないのだ。

「そうですね」

「動かないのも、かえって疲れるのだな」

クライブの疲れが取れればいいと、ミュリエルは一生懸命だった。

クライブの顔を見たくて、昔のことを謝りたくて来たけれど…。

謝って、許してくださったら、私は楽になるわ。でも、クライブ様はこんなに疲れていらっしゃるんですもの。

嫌な思い出を蘇らせて、余計な疲れを与えてもいいのだろうか、と考える。仕事が一段落ついてからでも遅くはないのだから、今日はやめておこうと決めた。

肩から首、頭に向かって、また、肩から背中に向かって、撫でさすったり叩いたり、所々指で押したりして、クライブの身体を和らげようとした。少しでも楽に、少しでも疲れが取れますようにと。

お母様もこんな気持ちでお父様のお世話をしているのね。

懸命に撫でさすっていると、手を摑まれた。

「ありがとう。楽になった」

「でも、まだ…」

たいして時間は経っていない。

「君が疲れてしまうよ。もう休むつもりだったのだろう?」

「私、お邪魔ですか?」

婚約したというのに、ちっともクライブの傍にいられないミュリエルは、つい本音が出てしまった。クライブが目を見張る。

「…ごめんなさい。我儘を言いました」

クライブは仕事をしているのだ。遊んでいるのではない。

クライブから離れようとすると、掴まれていた手をぐっと引っ張られる。

「きゃっ」

クライブの膝の上に倒れ込むと、抱きしめられる。

「クライブ様！　ノーマンが……え？」

扉のほうを見ると、誰もいない。

「とっくに出ていったよ」

「いつの間に…」

きょとんとしていると抱き寄せられ、クライブの太腿の上に跨るようになる。

「静かに出ていったから、気がつかなかったんだね」

クライブの唇が耳に触れ、低く甘い声が耳朶《みみたぶ》をくすぐった。

首を竦めて下を向くと、膝頭から下が露わになっている。裾を下ろそうとすると、クライブの唇がこめかみ、頬、そして、鼻のてっぺんを啄んでいく。

くすぐったくて笑うと、そんなにかわいい顔をしないでおくれ、と囁きながら、顔中を啄む。ミュリエルはうっとりと目を閉じ、ハーブティーの香りと柔らかな唇の愛撫に酔いしれた。

「んっ…」

包み込むように唇が塞がれる。一度強く吸い上げ、ミュリエルの唇の形を、クライブの舌がねろりとなぞっていく。何度も繰り返されるから、ミュリエルはクライブの首に腕を回し、うっすらと口を開いた。クライブが望んでいると思ったからだ。

肉厚な舌が白く滑らかなミュリエルの歯を潜り抜け、奥へと入り込んでくる。どう受け入れればいいのか、どう応えればいいのか、ミュリエルはすでに知っている。あの日のようにクライブの柔らかな舌を自分の舌で受け止め、さらに口腔の奥へと導いた。

クライブの手がミュリエルの乳房をすくうように持ち上げ、掌で押し潰す。

「ふ…っ！」

クライブに愛されてから、消えそうで消えない熾火《おきび》がミュリエルの身体の中に残されていた。ミュリエル自身、その存在を認識してはいないけれど、乳房を弄ばれただけで、身体の奥の熾火は赤々と燃え上がる。

「いけないよ、夜にこんな姿で来るなんて」

淫靡《いんび》な感覚が呼び覚まされ、乳首が硬くなった。触れてほしいと言わんばかりに布を押し上げ、その存在を主張する。

「私を煽《あお》っているのかい？」

首筋に噛みついたクライブが、乳首を布越しに捏ねた。

「ちがっ…ぁぁ…ぁ…」

違うのだと言いたかったが、言葉にならない。

ぴりぴりしたものが身体の中を駆け抜けていった。それが快感なのだということもわかっているし、クライブから与えられる快感を求めていた。

あの場所が潤みだした。身体がクライブを求め、クライブを受け入れる準備を始めたのだ。蜜がじわりと滲み出して下着を湿らす。

ああ、どうして…。

意のままにならない我が身が恨めしい。

クライブの掌が膝頭から太腿へと伸びていく。夜着の裾がまくれ上がり、白い太腿が露わになった。膝の上に足を広げて跨っている自分の姿が、とんでもなく淫らに思える。

「クライブ様、ここでは…」

しーっ、と耳に息を吹きかけて、クライブは言葉を封じると、尖った乳首を押し潰す。ミユリエルは甘い吐息を吐き出し、クライブの首に腕を回してしがみつく。

紐が解かれ、ガウンが床に滑り落ちた。薄い夜着一枚の姿になる。前をかけ合わせ、三つのリボンで留めてあるだけの夜着だ。一番上の胸元のリボンが解かれて、乳房が露わになる。

恥ずかしげに顔を背けると、赤く色づいた乳首を摘まれる。身体が跳ねた。

「肌に痕をつけると、湯浴みができなくなってしまうが、ここならば」

クライブが身を屈めるようにして乳首に食らいつく。乳首の先端を舌先で突き、唇で食んで舐めしゃぶられる。襲いくる快感にミュリエルは仰け反り、乳房を揺らした。

その間に、二つ目のリボンが解かれていた。クライブの手が夜着の中に入り込み、乳房を揉みしだいたり、脇腹や背中を撫でたりする。

最後のリボンが残っているけれど、両脚を広げてクライブに跨っているミュリエルの下着がすでに見えて、夜着は肩から滑り落ちていた。

身体が熱くなってくる。紅を刷《は》いたように、肌が染まっていく。

クライブが下着越しに下草の辺りをくすぐった。

「ん……ぅん……」

秘めたる場所が蠢き、ミュリエルを苛む。太腿や尻を撫でられると、下腹の奥がきゅっと引き絞られるように感じた。

熱く蒸れた脚の付け根の奥へと手が伸び、下着が湿っていることに気づいたのだろう。

「もうこんなに熱くなって」

笑いを含んだ声でクライブが言う。

「いやん……ぁ……つんんっ」

羞恥で顔から火が噴きそうだ。

クライブはミュリエルを苛《いじ》めるように、肉の谷間で指を何度も往復させ、生地越しのじれったい愛撫を与えるから、とめどなく溢れてくる蜜が下着をしとどに濡らした。

クライブの指が下着を潜り抜け、熱く潤った隠花に触れた。

「ひっ！」

花弁を弄くり、くちゅくちゅといやらしい音を響かせ、溜まった蜜をかき混ぜるように蜜壺を探り始める。

「あんっ……っふ…っ」

はあっと息をついてクライブを見ると、目を細めたクライブがミュリエルを見ていた。夜着を腰にまとわりつかせ、汗ばんだ肌を艶《なま》めかしく光らせている姿を。

見ている。私をクライブ様が…。

痴態を見られていたと思うと、恥ずかしくてたまらない。今さらながらに身体を隠そうとすると、肉筒を指で深く削られた。

「ひぃっ！」

引きつったような声を上げ、ミュリエルは後ろに倒れた。背後にあった書き物机に身体を預ける。

「ここがいいのか？」

肉の壁をクライブの指が押し広げた。痛みは感じない。もっと奥を激しく擦ってほしくなってしまう。

「あぁ…クライブ様」

激しく貫かれ、快感に咽《むせ》び泣いたあの夜を思い出し、ミュリエルは溜息をつくようにクライブの名を呼んだ。

「君はなんて淫らなんだ」

恥ずかしくてたまらない。ミュリエルは涙を零し、いやいやするように頭を振った。

「淫らで、美しい」

さらに指が増やされる。卑猥な音を響かせて指が動き回り、それに応えるように秘部がぴくぴくと勝手に動き始める。

「中が熱い」

とろとろと溢れてくる蜜で、クライブの指が滑らかに出し入れされる。増やされた指は休むことなくバラバラに動き続け、肉筒の中で暴れ回る。ミュリエルの肉筒がクライブの指に絡みつく。

「やあぁ…っ、ふう、ん……ぅぅ…」

両脚を左右に大きく広げて隠花を惜しみなく晒《さら》したミュリエルは、腰をくねらせてクライブの指技に悶えた。

自分がどんな痴態を演じているのか、砂粒ほどの思考も残っていないミュリエルにはわかるはずもなく、次第に意識が遠くなっていく。

隠花にクライブの分身が宛がわれた。

「クラ、…ブ、さまっ…んっっ…」

ぐっと押し入ってくる。分身はやはり大きくて痛みを感じたけれど、以前のような苦しさはなかった。ミュリエルの秘部がクライブの昂りを飲み込んでいく。

いっぱいに押し広げられた蜜壺から、蜜が押し出されてくる。のしかかっていたクライブが、ミュリエルの身体を貫いたまま抱きかかえ、椅子に座りなおす。

繋がったまま、クライブの上に跨るようになり、身体を突き破らんばかりに分身が奥に押し込まれた。

「…ひぃ…っ…ぅ！」

ミュリエルはクライブに凭《もた》れかかった。くたくたと身体の力が抜けて、体勢を保っていられなかったのだ。

クライブが下から突き上げるように動き始める。

ミュリエルはクライブの首に腕を回してしがみついた。クライブに激しく身体を揺すられる。身体が浮き上がって、落ちて、を何度も繰り返す。

「君の中は気持ちがよすぎる」

突き上げられるたびに声が押し出され、腰から下の感覚がなくなっていく。

「……あっ、くふぅ……ん……、んっ」

白い身体をくねらせ、ミュリエルは淫らに腰を振る。

クライブの動きが激しくなってくる。

何かが軋《きし》んでいる音がする。

痛みなどまったく感じない。身体中を快感だけが駆け巡る。

ミュリエルはクライブの上で踊り続ける。

荒い息遣いは、自分なのか、クライブなのか。

目を閉じているのに、目の前は真っ白な光で満ちている。

ミュリエルは痙攣《けいれん》するように身体を仰け反らせた。

ぎゅっと肉筒が収縮する。

そこで、ぷつりと意識が途切れた。


侍女の声が遠くで聞こえ、ミュリエルはぼんやりと目を覚ました。

「おはようございます、ミュリエル様」

けだるい身体に違和感を覚え、一気に覚醒《かくせい》する。

「まだお休みでいらっしゃったのですね。昨日は遅くまで起きていらしたのですか？」

「ええ、……なんだか眠れなくて」

咄嗟《とっさ》に嘘をついた。自分でもよく言えたと思う。

「まだお疲れが残っていらっしゃるのでしょう。窓はお開けしますか？」

カーテンを開けながら侍女が聞く。お願い、と言いながら、ミュリエルは必死に思い出していた。

私はいつ、どうやって部屋に戻ってきたのかしら。

まったく記憶がない。おやすみと言うクライブの声を聞いた気がするが、定かではない。

クライブ様がここまで運んでくださったのよね。

それ以外考えられない。意識を失い、そのまま眠ってしまったミュリエルを、クライブは夜中にここまで運んできてくれたのだ。自分の部屋で寝かせるわけにもいかないからだ。

クライブの部屋に泊まったことがマーサに知れたら、大変なことになってしまう。

ちょっと顔が見たかっただけなのに、クライブに迷惑をかけてしまった、仕事の邪魔をしてしまったと後悔する。

重くなかったかしら。太ってはいないと思っているけれど、でも…。

クライブが使っている北の部屋からミュリエルの部屋までは、距離があるのだ。階段を上ったり下りたりもする。

熱に浮かされていた父の身体を、母と一緒に動かした時は、寝台の上を右側から左側にずらしただけでもかなりの重労働だった。眠っていたり意識を失っていたりする人間の身体は重いとクライブも言っていた。

どうしましょう！　絶対に重かったはずよ。

ミュリエルは両手で顔を覆った。

かえって疲れさせてしまい、肩を揉んだ意味がなくなってしまったではないか。

「どこかお辛いのですか？」

心配そうに侍女が問う。

「いいえ、…まだ、少し眠いの」

「お着替えの用意は整っておりますが」

愛撫や口づけの痕が残っているかもしれない。

「着替えは自分でするわ。もう少しこうしていたいから…」

ミュリエルはシーツを引き上げた。

「明るすぎるようでしたら、カーテンを閉めましょうか？」

そのままでかまわないと言うと、かしこまりましたと侍女が下がっていく。

ひとりになったミュリエルは、慌てて自分の身体を確かめた。

夜着はしっかり着ていた。半裸状態…、いや、半裸とも言えないような状態だった昨晩の自分を思い出し、クライブが着せてくれたのだろうか、と考える。身体も汚れていないから、後始末までさせてしまったようだ。

ミュリエルは、うーっと唸《うな》った。

夜着の中を覗き込むと、あの日につけられたような赤い痕は残っていなかったけれど、乳首が赤く膨らんだままになっていた。ミュリエルは自分の胸から慌てて目を逸らした。意識しだすと、夜着が擦れるだけで感じてしまう。

ミュリエルは身体を丸めて息を吐いた。

クライブの指の感触を思い出し、下腹の奥がちょっぴり疼いてしまう。

恥ずかしいのと同時に、喜びもあった。あんなふうに愛されるとは思わなかったが、自分を求めてくれたことが嬉しくてたまらないのだ。

甘く囁くクライブの声が耳に残っている。

「結婚したら、クライブ様のお傍で眠れるのに…」

傍らにあった枕を抱きしめる。こうしてクライブに寄り添って毎日眠れたら、どんなに幸せだろうか。

「結婚式はいつ挙げられるのかしら」

ミュリエルがクライブと性交を済ませてしまったと公になったら、仮婚約状態とはいえ、クライブは非常に不利な立場になるのだ。

王都に住まう貴族の中には性に奔放な令嬢もいて、次々と新しい相手とつき合っても非難もされないと聞く。だが、モラード伯爵家は田舎貴族だ。毎夜のように夜会が開かれる王都周辺と違い、この辺りは非常に保守的で、結婚するまで、もしくは、婚約披露をするまでは、清い関係でいるのが当然だと考えられている。

邸内で噂話を楽しんでいる使用人たちも、外に向けては口が堅いけれど、どこから漏れるかわからないから、クライブも気を遣ったのだろう。

「日程だけでも早く決まればいいのに」

領民のことを考えると先延ばしになるのは仕方がないとしても、すぐにでも決めてほしかった。少なくとも、婚約を正式なものとして、邸の内外に知らしめしてほしいのだ。

「ジョン様とハンス様は諦めていらっしゃらないみたいだし」

ティング、リンド両家には、ミュリエルの相手が決まったと連絡してあるのに、二人はモラード家から離れようとしない。クライブが邸で暮らし始めたのだから、諦めて帰るかと思ったが、仮の婚約ならば破棄になる可能性もあると期待しているようなのだ。

「マイルズ王子と妙に仲がいいし」

三人で集まって何をしているのだろう。マイルズから変なことでも吹き込まれているのではないか、と思えてくる。詐欺師のようなあの口調が、ミュリエルには気持ち悪くてたまらない。

「エルゴラでも変なことばかりしていて、エルゴラ国王様や兄王子様に迷惑ばかりかけていたって、叔父様もおっしゃっていたし」

きんきらきんのマイルズが頭の中に浮かんで、ミュリエルは頭を振った。

「今日もどんなお色のお衣装を身に着けていらっしゃるのか…」

マイルズがどれほど派手で、どんなに変な色の組み合わせで服を着ていても、ちょっとやそっとでは驚かなくなってしまった。

「慣れって怖いわ」

背筋がぞっとする。こうしてモラード家がマイルズに侵食されていくのではないかと思うと、クライブとの結婚式を早く行って、マイルズを追い出したい。だが、クライブが何も言い出さないのに、自分から早く式の日取りを決めてほしいなどとは言えない。

溜息をついて何気に時計を見ると、だいぶ時間が経っていた。

「いけない！　早く起きないと」

のんびりしているとクライブが食事を終えてしまうし、マーサがマイルズと一緒にブランチを、と言いに来てしまう。

ミュリエルは寝台から飛び起きると、夜着を脱ぎ捨てた。

食堂から笑い声が響いた。

ミュリエルが入っていくと、すでにクライブは食事を終えているようだった。クライブの横に立っていたのはノーマンと台所頭で、近くに控えている使用人たちも話を聞いていたのか笑っている。

「おはよう」

クライブが立ち上がる。いつもこうしてミュリエルを迎えてくれる。昨日のことなどなかったかのように、クライブの態度は変わらない。

どんな顔をして会えばいいのだろうと考えながら来たミュリエルだったが、おかげで挙動不審にならずに済んだ。

「おはようございます。楽しそうですね、何を話していらしたのですか？　台所頭の大きな声が食堂の外まで響いていました」

「ウサギを獲《と》った話だよ」

野営中、クライブたちは狩りをしたのだという。

「私が鳥を二羽射て、それを見ていたハロルドが、自分はウサギを獲ると言い出してね」

「獲れたのですか？」

残念ながら、と言って噴き出したのは台所頭だ。使用人たちもくすくす笑っている。

「ハロルド様は暗くなるまでウサギ狩りを続けられ、とうとう仕留めたと思ったら、矢が刺さっていたのは…」

ここまで説明して、ノーマンが口元をひくひくさせる。

「なんだったの？」

「なんと、草の中に隠れた切り株だったそうでございます」

ノーマンが説明すると、食堂にいた者が一斉に笑った。

「切り株…？」

意地になって遅くまで頑張ったのだろう。やった！　と期待し、仕留めたのが切り株だった時のハロルドを想像すると、悪いと思っても笑ってしまう。

「うふっ、うふふ…」

「笑ってはかわいそうだ。部下の手前もあり、ハロルドは必死だったのだからね」

クライブは真面目な顔で腕を組んで諭すように言う。

「ごめんな、さ…い。…でもっ……うふふっ…」

切り株を前に呆然《ぼうぜん》とするハロルドの姿が浮かび、ミュリエルの笑いは収まりそうもない。

ノーマンも台所頭も使用人たちも、クライブから面白おかしく聞かされたからか、涙を拭いている者もいる。

「ミュリエル、この話はここだけにしておいておくれ。皆も、いいね。他の者たちには絶対に言ってはいけないよ。もちろん、ハロルドに切り株の話をするのはもっての外だし、ハロルドを見て笑ってはいけないよ」

食堂の中を見回して、笑いをこらえる人々に言い含める。皆は頷くも…。

「だが、昨日ハロルドと会った瞬間、私は彼の前で大笑いしてしまったのだけどね」

と言ったクライブに、人々は笑い転げた。

クライブを中心にして、食堂は楽しい雰囲気に包まれている。使用人たちからは、クライブへの垣根はまったく感じられない。

「彼の名誉のために言うけれど、次の日に丸々としたウサギを一羽仕留めたのだよ」

「ですが、ハロルド様のことです。悔しい顔をされたのではないですか？」

「台所頭は凄《すご》いね。どうしてわかるんだい？」

「そりゃあわかりますよ。いえね、ウサギはしばらく食べたくないと、ハロルド様がおっしゃっていたんです」

「まぁ！」

ミュリエルは思わず声を上げた。

「見るのも嫌だと顔を顰めておっしゃったんで、野営中にウサギの肉にでも中《あた》ったのかと思っていました」

切り株に矢を射かけてしまったハロルドに、ミュリエルは同情した。

「狩りに行く約束をさせられたよ」

「名誉挽回したいのですね」

狩りの話題が一段落つくと、子供たちが食堂に駆け込んできてクライブに飛びついた。

「お邸の中を走ったり、クライブ様に飛びついたりしてはいけないと、あれほど言っているのに！」

追ってきた叔母が子供たちを叱る。

「かまいませんよ」

クライブは破顔して、子供たちにおはようと声をかけて頭を撫でる。子供たちはクライブの脚にまとわりついて、お母様も走っていらっしゃったのに、と頬を膨らませる。

「それはあなたたちが走るからでしょう。申し訳ございません、クライブ様。ミュリエルも朝から騒がしくしてごめんなさいね。ほら、ちゃんとご挨拶なさい」

二人はクライブから離れると、おはようございます、とぺこりと頭を下げた。

クライブはミュリエルのために椅子を引いてくれたが、今日も隣の席ではない。クライブの席の両脇は子供たちが陣取っているからだ。

叔母が溜息をついて腰を下ろすと、ミュリエルに向かって小さく頭を振った。お手上げだと言いたいのだろう。

「ミュリエルも今からなの？」

ミュリエルの朝食が運ばれてきたので、叔母が聞いた。

「ええ、遅くなってしまいました」

「私たちも今日は寝坊してしまったわ。クライブ様はもうお済みに？」

ひとりで寂しく…、とクライブが悲しげな表情を作る。

「寂しかったの？」「かったの？」

子供たちがクライブの顔を覗き込む。子供たちと同じことを言おうとしたミュリエルは、出遅れてしまった。

「二人がいなくて寂しかったよ」

「明日は早く起きる」「起きるの」

微笑ましい光景だ。自分のほうを向いてもらおうと兄弟は先を争って、昨日庭で虫を捕まえただの、絵を描いたから見てくれだの、あれやこれやとしゃべりかける。クライブは嫌そうな顔をせず、二人の相手をしている。

傍から見ていると三人は、まるで齢の離れた仲のいい兄弟だ。

使用人たちも三人のやりとりを楽しんでいるようだ。はしゃぎすぎた子供たちが、テーブルに置いたミルクのゴブレットをひっくり返しても、にこにこと片づけ、叔母に叱られてしゅんとなって謝る子供たちを、逆に心配げに見つめるのだ。

幼き頃の強気なミュリエルならば、押し退けてでもクライブをひとり占めしただろうけれど、この齢になって子供たちと張り合おうなどとは思わないし、気弱になって言いたいことがなかなか言えない今のミュリエルは、三人の間に上手く入り込んでいけない。

クライブ様は子煩悩なのではないか、と誰かが囁いた。

確かに三人を見ているとそう感じる。モラード家の縁戚だから気を遣ってくれているのかもしれないが、クライブはよい父親になるのではないかとミュリエルも思う。

いつか私がクライブ様の子を産んだら……。

想像すると口元が緩んでしまう。こんなふうに食卓を囲むようになるのだと思うと、その日が待ち遠しい。男の子でも女の子でもいい。二人でも三人でも、クライブに似た子が欲しいと思った。

昨日のことを思い出し、結婚したら、誰憚《はばか》ることなく愛し合えるのだと想像すると、顔がにやけそうになる。

「ミュリエル、どうしんだい？　嬉しそうだね」

含みを持たせた笑みを浮かべてクライブが問う。昨日のことを思い出しているのかい？と問いかけられた気がして、いいえ違います、と思わず答えていた。

「何が違うのかな？」

クライブはさらに笑みを深めるから、パンを片手に、ミュリエルは真っ赤になって恨めしそうに見た。クライブはくすっと笑う。

クライブ様は、私が困っているのを楽しんでいらっしゃるみたい。なんだかナイジェル兄様のようだわ。

ナイジェルはたまに、ちょっとした悪戯をする。悪戯と言うと語弊があるかもしれない。ミュリエルをからかうのだ。

そんなところまで似てなくてもいいのに。

冗談を言ったり、あった出来事を面白おかしく話したりするナイジェルの周りには、いつも笑いが絶えない。クライブもそうなったらいいのに、と願ってきた甲斐があったのか、最近、クライブを囲んで笑い声がよく聞かれるようになった。

「三人が微笑ましくて、つい、口元が緩んでしまいました」

それは事実だ。

「なるほど。そうきたか」

「何がきたのですか?」

逆に聞くと、クライブは口角を上げた。

「いやいや、元気でかわいい子供たちだ。愛《いと》しくなるのは仕方がないということだよ」

上手くかわされる。かわし方もナイジェルそっくりだ。

「元気がありすぎて、我が子ながら時々腹立たしいこともあるのですよ」

パンやソーセージや卵を頬張る子供たちを見て、叔母が冗談交じりに言った。

短い時間だけ一緒にいるのと、一日中とでは大きく違うのだろう。エルゴラにいた頃は子守を雇っていたようだが、ここには連れてきていない。

子育てって大変なのね。マーサが二人の面倒を見てくれればいいのに。

マーサはもっと大きな子供、マイルズにかかりきりなのだ。

子供たちは朝食を食べながらも、クライブが行ってしまわないか気になるのだろう。下の子はクライブの膝の上に乗ろうとする。

遅れてやってきた叔父が、お前たちはまた…としかめ面をした。言い聞かせてはいるのだが、とクライブに申し訳なさそうな顔をする。

「ここに来てからわんぱくに拍車がかかっているようで、いきなり飛びついてきたりするようになってね。私は腰にきてしまって…」

叔父はトントンと腰を叩く。

剣の訓練で身体を鍛えているクライブは、二人がいっぺんに飛びついても平気な顔で受け止めているが、叔父は辛いのだろう。

「私には兄だけですから、弟ができたようで嬉しいのです」

にっこり微笑むクライブに、叔父も相好を崩す。

「エルゴラにいた頃は二人とも人見知りだったのだよ。ここに来た時も借りてきた猫のようにおとなしかったのに、まったく」

「商家の跡継ぎですから、物怖《ものお》じせず、どんどん人の中に出ていける人物のほうがよろしいのではないですか？」

「そう言ってもらえるとありがたい。商売を継がせるかどうかは決めていないのだが、人と接して人脈を築くことは、どんな仕事にも大切ですから」

モラードの邸に来た当初、話しかけてももじもじしていた二人は、引っ込み思案なのだと思った。だが、ミュリエルと手を繋いで庭を散歩するようになったし、邸の使用人たちとかくれんぼしていたりもする。

クライブによく懐いているのは、大きな兄ができて嬉しいの。マイルズの姿を見ると脱兎《だっと》のごとく逃げていくのは仕方がないとミュリエルも思うけれど、ジョンやハンスが来ても隠れてしまう。ハンスは怖いのだろうが、ジョンなどは子供たちの機嫌を取ろうと一生懸命声をかけても、避けられている。懐いているのはクライブ限定なのだ。

「おっと、忘れていた。クライブ殿、これを」

叔父が折りたたんだ紙をクライブに差し出した。

「ありがとうございます。お骨折りいただいて」

「なんのなんの。私も何かできることがないかと考えを巡らせていたところだった。こういう形ならいくらでも手伝わせてもらうよ。私が一番適任だからね」

クライブは受け取った紙を上着の内ポケットに大事そうにしまう。ミュリエルは気になったものの、口を挟んではいけない気がした。

叔父はクライブを、よい若者だと手放しで褒めている。所領内の産業などについて談議したり、エルゴラの話をしたりもしているようだ。

エルゴラの内乱はどうなったのかしら。少しは落ち着いたのかしら。

エルゴラからやってくる旅人や商人などから情報収集しているが、徒歩で旅する人々の情報は古くて当てにならない。

「クライブ殿はお忙しいのだから、朝食の間だけだぞ」

「もう行っちゃうの?」「の?」

「食事が済むまではここにいるよ」

子供たちは遊んでほしそうな顔をしたが、それ以上我儘は言わなかった。その分、朝食の間はクライブにべったりだ。

「明日クライブも行こうよ」「行こうよ」

「クライブ様とおっしゃい!」

すかさず叔母の注意が飛ぶ。

「かまいませんよ。友達ですから」

「友達ですから」「ですから」

子供たちが嬉しそうに繰り返す。

叔母夫婦は二人揃って困った顔をしながらも、クライブと息子たちの様子を楽しんでいる。近くで控えているノーマンも、お代わりのパンやソーセージやサラダを運んできた使用人たちも、この場の主となっているクライブを受け入れていた。

モラード家にクライブの信者がどんどん増えていく。

それはミュリエルが望んでいたことであり、喜ばしいことだった。クライブを一番理解しているのは自分だという自負があり、どうしてクライブのよさがわからないのかと、周りの人々に苛立ちも覚えていたから。

「ミュリエル、祝いの晩餐を催すと聞いたのだが、義兄上《あにうえ》もお顔を出されるのかな？」

盗賊団の討伐が済んだ祝いだ。

「邸の者皆でお祝いするので、最初だけ参加することになっています。晩餐といっても立食形式なのですが、明日は叔父様たちもおいでくださいね」

台所頭が美味しい料理を作ってくれるぞ、とクライブが子供たちに話している。

「クライブと食べる」「食べる」

「クライブ殿はお祝いの主役なのだから、明日は私と一緒だぞ」

不満そうな顔になった子供たちに、私よりもクライブ殿がいいのか？　と叔父は悲しそうな顔をする。叔母は肩を竦めて苦笑いしていた。ミュリエルも笑ったが、どこか寂しくて心から笑えなかった。

こうして皆に認められていくクライブが、自分だけのクライブではなくなっていっているようで…。

クライブが微笑んでくれるだけでよかった。話しかけてくれるだけで嬉しかった。昨夜は独り占めできた。部屋まで運んでくれた。

なのに、もっと、もっとと際限がなくなっていく。

私はどんどん我儘になっていくみたい。

口数が少なく無表情だったクライブはがらりと変わった。

モラード家に婿に入るとほぼ決まったからではないか、いいや、落馬して頭でも打ったからではないか、と最初は遠巻きにして噂していた使用人たちも、気さくに話しかけるクライブを囲んで会話に興じていた。

端整な顔立ちで、長身の凛々しい貴公子だ。ナイジェルから甘さを少し削ったようなクライブが人気になるのは当然のことで、若いメイドや侍女たちは、クライブ様に微笑まれた、と大騒ぎしている。

大柄で無口だと、クライブ様を怖がっていたのに…。

元々クライブは、使用人の手を借りず、自分のことは自分でする。邸に逗留していても兵舎に泊まっていたから、マイルズのように他家の使用人をこき使ったり、我儘を言ったりすることもない。使用人たちはクライブと接点がほとんどなかったのに、嫌な噂だけが勝手に先行して、遠巻きにしていただけだったのだ。

ミュリエルにとってはとても嬉しいことなのに、どこか喜べない。

クライブのよさをわかっているのは自分だけだった。クライブが微笑んでくれるのも自分にだけだったのに、と使用人にまで嫉妬してしまう。

ミュリエルは叔母夫婦と会話しながら、小さく溜息をついた。そんな自分を、クライブが子供たちの相手をしながら見ていることに、まったく気づかなかった。


子供たちが食べ終わるとクライブは席を立ち、足早に出ていった。また所領内を回るのだろうか。

ミュリエルも父の部屋に向かった。食事を終えて父の顔を見に行くのが、いつの間にか日課になっている。

周りが焦ると本人が一番気にするからと、母は父の快癒をのんびり待っていた。少しよくなると、もう大丈夫だと動きたくなるのよ、と零していたから、医者がもういいと言うまで、父を自由にしないと決めているのだ。

歩けるようになったのだから散歩に行きたい、と父は懇願していたが…。

「怪我をしたのに動けるからと馬で走り回ったから、三ヵ月も寝台の上にいることになったのですよ」

母に叱られて萎んでいた。完治するまではおとなしくしていることにしたようだ。クライブがいるから任せましょう、と母は乞い、父も受け入れた。母はクライブを信頼している。もちろん父も、だ。

そのクライブが、後ろから足早に追ってきた。

「君は歩くのが早いね。お父上のところに行くのだろ？　一緒に行ってもいいかい？」

「はい」

ミュリエルの足取りはスキップしそうなほど軽くなった。

「今日はお出かけなさらないのですか？」

「ハロルドと回る予定でいるよ。ああ、そうだ。モラード伯爵秘蔵の葡萄酒があるというのは本当かい？　なんでも、かなり出来のいい年のものらしいね」

「特別に譲っていただいたものが何本かあるようです。お父様からお聞きになったのですか？」

「ハロルドだ。明日の晩餐にあの葡萄酒を出してくださるでしょうか、と期待しているようでね。出してくれるように私から頼んでくれないか、と」

拝み倒された、とクライブは肩を竦める。

「ハロルドは葡萄酒が好きなのです」

「君が援護してくれると嬉しいな」

私に頼み事をされるなんて。

「もちろんお手伝いいたします。お二人は功労者ですもの」

ミュリエルは二つ返事で了承した。

「よし、これで手に入ったも同然だ」

クライブが拳を握って目を輝かせる。

「どうでしょうか。お父様は私の願いを必ず聞いてくださるとは限らないので…」

ふむー、と腕を組んだクライブが難しい顔をする。ミュリエルはふふっと笑った。表情をころころ変えるクライブがなんだかおかしかったのだ。

「笑うなんて酷いぞ」

クライブがミュリエルの頬をつついた。

「お笑いになったり顰め面をなさったり、お顔が次々変わるんですもの」

「笑い事ではない。君に頼めばなんとかなると思っていたんだ。実は…、ハロルドに任せておけと大見得を切ってしまった」

クライブが肩を落とす。

「まぁっ」

ミュリエルが声を上げて笑うと、私の面目が立つかどうかの瀬戸際なのだよ、とクライブは眉間に皺を寄せる。

「ごめんなさい」

神妙な面持ちで謝ると、いいんだよ、とクライブがミュリエルの頭を撫でてくれる。それがとても心地よい。

「まずはクライブ様が頼んでください。承知してくださると思いますが、ダメだったら私も一緒にお願いします。それに、いざとなったらお母様にお願いします。私は小船ですが、お母様は大船ですから」

「なるほど」

クライブはぽんと手を叩いて顔を綻ばせた。

ナイジェル兄様とお話しているみたい。

兄弟は似るのだろうか。受け答え方がそっくりだ。

ふと、ここでクライブに謝ってしまおうかと思った。和やかに話ができているからだ。

こんな時に話すのはずるいかしら。クライブ様の笑顔が消えなければいいけれど。

途中で泣いたりしないこと、と自分に言い聞かせる。泣いてしまったら、クライブは許すと言わざるを得なくなってしまうから。

「あの、クライブ様…」

いざ告げようとしたところに、ひょっこりマイルズが現れた。

「おう、これはミュリエル殿」

マイルズはおはようと言って大きなあくびをした。

どうしてこんな時で出てくるの。いつもはまだ寝ている時間じゃない！

マイルズは昼前に起きだして湯浴みをし、のんびり食事を摂る。いつもこの時間なら、まだ寝ているか部屋でごろごろしているはずなのだ。一日に二度三度と着替えをして、身だしなみを異様に気にかけるマイルズにしては、とても乱れた姿だった。髪はぼさぼさで、襟飾りもほどけて首にぶら下がっている。身につけている服が昨日の夜と同じなのだ。

「マイルズ王子でいらっしゃいますね。ご挨拶が遅くなり申し訳ございません。クライブ・ボウエンです。お見知り置きを」

クライブは優雅にお辞儀して挨拶する。

「ほう、そちがボウエンか」

クライブとマイルズは、同じ邸にいながら生活時間がまったく違うので、二人はこれまで顔を合わせることがなかったのだ。

噂は聞いておる、と言ったマイルズに、どのような噂がお耳に届いているのでしょうか？とクライブは笑った。

「いやいや、いろいろと、な」

マイルズは、ふむう、と言って、クライブを上から下まで値踏みするように見ていた。

そこに今度はマーサが侍女を二人連れてやってきた。

「マイルズ王子、こちらでございましたか。これは…、クライブ様」

ミュリエルとクライブが一緒にいるので、マーサは不満げな顔をした。すかさず、お二人でどちらに、と聞いてくる。

「お父様のところです」

マーサの態度を忌々しく思うが、マイルズの前で注意はできない。

「そちはハンスやジョンと同じく、ミュリエル殿の婿候補だと聞いておるが、まことか?」

「そうでございますよ、マイルズ王子」

クライブが答える前にマーサがしゃしゃり出る。

婚約者なのに、とミュリエルは不満に思った。クライブが否定しないのも悲しい。

「なかなかの偉丈夫だの」

「恐れ入ります」

「私も婿候補に立候補しているのだが…」

ミュリエル殿はつれないのだ、と顔の横にかかっていた長い髪を一房、人差し指にくるくると巻きつける。

「マイルズ王子が参戦なさると、私には非常に苦しい戦いです」

クライブがマイルズを煽《おだ》てる。

クライブ様もどうしてそんなことをおっしゃるの！

堂々と、自分が婚約者だと言ってほしかった。

「これから朝食でございますか？」

「いや、ハンスの部屋で飲みすぎての。そのまま寝てしまって起きたところなのだ」

マイルズの部屋には、ハンスとジョンが入れ替わり立ち替わり出入りしている。マイルズもジョンの部屋に行ったりハンスの部屋に行ったりしている。

マイルズを中心に怪しい企《くわだ》てでもしているのではないか、そこにマーサも加わっているのではないか、とミュリエルは疑いを持っていた。

自分の乳母を疑いたくはないが、マーサの様子は、マイルズに懐柔されているように感じるのだ。マイルズたちとお茶をともにしてみても、怪しい雰囲気は感じられないけれど。

私には隠しているのかもしれないし、私が気づかないだけなのかも…。

「これから風呂にでも入って疲れを取ろうかと思っての」

「さようでございますか」

二人は笑みを浮かべながら、当たり障りのない会話をしている。

「クライブ様、マイルズ王子はお疲れなのです。このようなところでお引き留めなさらないでくださいまし。お召し替えもなさっておられないのですよ」

「これは失礼いたしました」

マーサはクライブを責め、クライブがマイルズに頭を下げるのでミュリエルも倣った。

「ボウエン、またの。ミュリエル殿、午後からのお茶には来ていただけるかな？」

「は、はい…。お伺いいたします」

そう言うしかない。

お茶につき合うのは気が滅入るが、何か摑めるかもしれない。

「楽しみにしておる」

マイルズはマーサたちを引き連れて、まるで主のように去っていった。

ミュリエルは溜息をついた。

「どうしたんだい？　溜息をついて」

「なんでもありません」

クライブに謝罪する機会を逸してしまったし、婚約者だと言ってくれなかったことも歯痒かった。

「ウエスト殿から聞いていたが、マイルズ王子はなんというか、……煌《きら》びやかな方だな」

間があったのは、言い様を考えていたからだろう。叔父はどのような説明をしたのか気になるところだ。

「そういえば、食堂でも溜息をついていたね、気に病むことでもあるのかい？」

ミュリエルは立ち止まった。子供たちの相手をしていたクライブが気づいているとは思わなかったのだ。

子供たちや邸の者たちに嫉妬しているなんて言えないわ。

「…何も」

と言ってから、これを謝罪の機会にすればよかったと後悔する。大いに気に病んでいることなのだから。本当に？　と聞いてくれないだろうか。そうしたら、実は、と話すことができるのだ。

「ならばいいのだが、昨夜のことを気にかけているのかと思ってね」

「え、えっ？」

廊下でとんでもないことを聞かれ、ミュリエルは狼狽した。顔が熱くなってくる。

どうして今お聞きになるの！

食堂でノーマンや台所頭の前で聞かれても困るが、食堂では普通に接してくれていたから、昨夜のことには触れないのだろうと気を抜いていたのが失敗だった。

「君は睫毛も揺らさず、まるで眠り姫のようだったよ」

ナイジェルが使うような言葉をさらりと言うから、ミュリエルは恥ずかしくなった。ナイジェルのには慣れっこだが、クライブに言われると恥ずかしくてたまらないのだ。

「え、あ…、そっ、そうですか」

う…、そうですか、って何！　もっといい答えがあるでしょ！

平静を装いながら、ミュリエルは非常に焦っていた。

でも、なんて言えばいいのかしら。

「できるだけそっと運んだんだが」

「お手を煩わせてしまったようで…」

ミュリエルは俯いた。気恥ずかしくて顔が上げられない。

「身体は辛くないかい？」

クライブが顔を覗き込んでくる。

「はい、あの…、はい、元気です。……あっ、いいえ、お気遣いいただいて…」

返事が支離滅裂になってしまった。ほんの少し顔を上げてチラリと見ると、目を細めたクライブの顔がすぐそこにある。

「本当に？」

ここでお聞きになるなんて！

おろおろしていると、流し目のような視線を送ってくる。色っぽいと言えばいいのだろうか、非常に艶めかしいのだ。

「ほっ、本当です！」

胸がきゅっと締めつけられて、心臓がどっ、どっ、どっ、と音を立てている。頭の中は大混乱だ。

「本当に大丈夫かい？　なんだか顔が赤いな」

ミュリエルの額に自分の額をこつんと合わせた。

「！」

叫び声が出そうになり、忍耐力を駆使して喉の奥に押し返す。

「熱いような気がする」

バラ色に染まったミュリエルの頰を、クライブが手の甲でするりと撫でる。

余計に顔が熱くなった。項《うなじ》の産毛が総毛立って、目覚めた時に残っていたあの、下腹の奥の疼きが戻ってくる。

ううう…、と心の中で唸って、もじもじしたくなるのを必死にこらえる。

「やっぱり熱があるのではないか？」

「だっ、大丈夫です。本当に大丈夫です。平気ですから」

「そうかい？　君がそこまで言うのならば心配ないのかな」

悪戯っぽく笑う顔に、クライブ様ってこんな方だったかしら…と思えてくる。

行こう、と背中に手を置いて促すから、疼きがいっそう強くなった。あの場所がじっとりしてきて、下着を湿らせてしまいそうだ。

クライブは話題を明日の晩餐に変え、楽しみだ、などと言いっている。

歩き方がぎこちなくなってはいないだろうか。おかしいと思われないだろうか。

そんなことを気にして歩きだすと、背中に触れていたクライブの手が離れた。おかげで、うずうずは薄くなったものの、なんだか心許なくなる。

触れてほしいけれど、触れられると困るという矛盾。

クライブは自分をからかって楽しんでいるのではないか、と勘ぐってしまう。

いいえ、クライブ様はそんな方じゃないわ、と思うんだけど…。

なんだか最近のクライブはよくわからないのだ。

クライブの話に相槌《あいづち》を打っているうちに、父の部屋に着いていた。扉を叩くと母が開けてくれる。

「一緒に来たのね。お入りなさい」

「お父様、お加減は？」

二人で入っていくと、父は大喜びした。とても元気そうだ。

「ミュリエルはいつも通りだが、クライブがこの時間に来るのは珍しいな」

「先程届いた父からの手紙です。私宛ですが、お二人に宛てた内容ですので」

クライブが懐から取り出し、母に手渡す。

「ボウエンの所領に温泉があるのはご存じでしょうか？　怪我によく効くのです。身体の凝りもほぐれるのではないかと」

ボウエン伯爵からの手紙には、温泉に浸《つ》かって怪我を癒してはどうかとあり、夫妻でお越しいただくようクライブからも勧めてくれ、と書かれていた。

「それはありがたいお申し出だが、医者からはまだ…」

「旦那様、参りましょう」

すでに医者から、外に散歩に出てもいいという許可が出ているようだ。

「なんと！」

父は目を白黒させた。クライブは笑いをこらえている。

「お母様、嘘をついていらしたの？」

「ええ、騙《だま》していました。だって、お父様はすぐに動き回られるでしょう？ あと一週間ほど内緒にしておくつもりだったのだけど、ちょうどいい機会です。馬車でゆっくりなら、お身体にも負担がかからないでしょうし、ボウエン伯爵にお世話になりましょう」

母は堂々と認め、さっさと決めてしまう。

「だが、アリアたちがいるし、エルゴラの王子も滞在している。主が邸を空けていいものか」

父の心配はもっともだが、ミュリエルは出かけてほしいと思った。

怪我は徐々によくなっているが、考えていたよりも時間がかかっている。父はもっと早く治ると思っていたようで、元々活動的な父は、このところ沈みがちだったのだ。母が乗り気なのも、そんな父を思ってのことだろう。

「叔母様たちのことなら大丈夫です。子供たちは邸に馴染《なじ》みましたし、クライブ様にとてもよく懐いているの」

「ほう、クライブに」

父が目を見張ると、クライブは照れ臭そうに笑った。

「わんぱくですが、素直でかわいい子供たちです。マイルズ王子のことは、あまりお気になさらなくてもいいのではないかと。周りに目を向ける方ではないようなので」

「二人がそう言うのなら、お世話になるか」

ボウエン伯爵に手紙を書くという母に、私から伝えます、とクライブが言った。手紙を持ってきた使いの者を待たせているようだ。

「一ヵ月後には湯量が減ってしまいます。行かれるのなら早いほうがいいでしょう」

季節によって湧《わ》き出す温泉の量が変わるのだという。

「何ヵ所か湧き出ているのですが、露天でしたら、深いところは肩まで浸かったままで立って歩けます。ぬるめの場所で身体を動かせば、のぼせることなく身体をほぐせますし、お湯の中なら動いても負担が少ないでしょう」

肌がつるつるになりますよ、と聞いた母が目を輝かせる。

「それでは明後日に出発しましょうか。急ですが、ボウエン伯爵のご都合をお伺いしなくても大丈夫かしら？」

「家のことは兄が取り仕切っていて、父は隠居状態ですから」

ここでクライブが思い出したように笑った。

「きっと、話し相手が欲しいのです。ひとりで温泉に行ってもつまらないとぼやいているようですから、長話につき合わされるかもしれませんよ」

「いやいや、私も楽しみだ。ボウエン伯爵にはずいぶんお会いしていないからね。互いに語り合うことも多かろう」

結婚式の話が出て少しは進展するだろうか、とミュリエルは期待する。

「では、出発は明後日で」

話はとんとんと決まった。クライブは使いの者に伝えると言って出ていく時、葡萄酒を頼むよ、とミュリエルに耳打ちした。

任されたミュリエルはクライブの面目を保つため、父に秘蔵の葡萄酒を出してほしいと頼んだ。

「もちろんだとも。ハロルドは葡萄酒が好きだし、クライブにも飲んでもらおう」

「ありがとう、お父様」

「旦那様はお身体に障りますからお控えくださいね」

「えっ…、う、うむ…」

父は渋々頷いた。祝いなので、明日は許してもらえると思っていたのだろう。

「ボウエンのおじさまとお会いになれば、お父様の気分も晴れるわね」

はしゃぎすぎなければいいけれど、と母が釘を刺す。

「子供ではないのだ、わかっているよ。それにしても、クライブは明るくなったな。まるでナイジェルのようじゃないか。話し方といい笑い方といい、瓜《うり》二つだ」

瓜二つ。

父の言葉が引っかかった。

髪も目の色も顔も似ているのだから、朗らかになれば重なって見えたりもするだろう。だが、確かに最近のクライブはまるでナイジェルのようだった。

さっきも、私の頬を指で突いたり、頭を撫でたりなさったわ。

あれはナイジェルがミュリエルによくやることだ。

「ノーマンもクライブの変わりように驚いていたよ。気さくに言葉をかけてくれるのが嬉しいと言っていた」

「ノーマンがそんなことを」

喜ばしいことだが、心の中がもやもやする。

どうしてなの？　クライブ様が皆のものになってしまったように感じたから？　でも、そういうのではなくて…。

「クライブとあなたがいるから、安心して出かけられるわ」

「頼むぞ、ミュリエル」

父と母が自分に期待している。

ミュリエルはもやもやを隅に追いやって、背筋を伸ばした。

「はい。お任せください。お二人でゆっくりなさって」


「モラード家の料理人はいい腕だ。私の専属にくれまいか」

「それは困ります、マイルズ王子。台所頭がいなくなってしまったら、明日からモラード家では何を食べればいいのでしょう。肉を生で齧《かじ》れとおっしゃるのですか？」

クライブがおどけて軽口を叩いた。

盗賊団の討伐が無事に終わった祝いの晩餐は、主だった兵士たちにも参加してもらい、立食形式にする予定だった。人数が多いので、食堂と食堂に繋がる廊下、そこから外に出られる扉を開け放ち、外にもテーブルをいくつか出して料理を並べ、好き勝手に飲んだり食べたりして楽しもうと考えていた。

父もひとりひとりに声をかけたいと言うので、ゆったり座れるカウチを置こうと母と決めていたし、叔母の子供たちは兵舎見学で兵士たちと顔見知りになっていたので、クライブやハロルドや兵士たちに遊んでもらうのだと楽しみにしていた。皆の前で、父の口から婚約を公表してもらうもちろん、ミュリエルも心待ちにしていた。

絶好の機会だと思っていたからだ。

しかし、マーサからその話を聞いたジョンとハンスが自分たちも参加したいと言い出し、マイルズまでも、祝い事なら私も出てやろう、と乗り気になってしまった。

そうなると、立食とはいえ他国の王子と同席なんてとんでもない、と兵士たちが言い出した。尻込みしたというよりも、体のいい言い訳だった。

盗賊団はエルゴラの兵士崩れだったとの報告が、砦のフィッシャー騎士団長からもたらされていた。討伐に大変な思いをした兵士たちは、自国の内乱を治めようともせず、エルゴラを出てモラード家に逗留している厚かましいマイルズを、憎々しく思っていたのだ。

ハロルドも辞退すると言ったが、ミュリエルはクライブのために出てほしいと頼んだ。参加する顔ぶれに不安を抱いていたからだ。

最初は渋っていたハロルドも、目の奥に突き刺さるほど輝いているという噂のマイルズ王子のお姿を、拝見させていただきましょうか、とにんまり笑って言ってくれた。

だが、テーブルについているハロルドの表情を見る限り、マイルズなど見たいと思わなければよかったと後悔しているのがありありとわかる。兵士たちは今頃、台所頭が丹精込めた料理の載った大皿を車座に囲んで、兵舎で和気藹々と楽しくやっているはずだ。すぐにでも席を立ち、そちらに混ざりたい気持ちでいっぱいなのだ。

兵士たちが参加しなくなり、祝の宴は正式な晩餐の形を取ることになった。

固い椅子に長く座っていられない父は、挨拶に顔を見せただけで部屋へ下がった。母もしばらくマイルズの相手をしていたが、明日はボウエン家の所領に向かうので、叔父にもう兄上のところへ行かれてはと促され、席を立っていた。マイルズは長尻で、だらだらと夜遅くまで時間を費やすからだ。叔母と子供たちも参加していない。

「私の料理人になったとしても、私がこの邸にいれば、料理人はこの邸にずっといることになるぞ」

マイルズはゴブレットの葡萄酒をぐーっと飲み干すと、お代わりを欲しそうな顔をする。

ああ、お父様秘蔵の葡萄酒も……。

クライブとハロルドのためにと開けた上等な葡萄酒は、マイルズがひとりで一本飲みきってしまった。

いったいなんのための晩餐なのかしら。

テーブルを囲んでいるのは、ミュリエル、クライブ、ハロルド、叔父に、マイルズ、ジョン、ハンスという半分は祝いにまったく関係ない人間なのだ。

いっそ、マイルズが出ると言い出した時、中止にすればよかったのに、と思う。

上機嫌なマイルズは、まるで主賓のように振る舞っていた。王子なので主賓と言ってもいいのだが、モラード家にとっては単なる厄介者だ。

「のう、ボウエン。ここは居心地のいい邸だ。私はエルゴラにはもう帰りたくなってしまったぞ」

ハロルドが苦虫を嚙み潰したような顔になっている。ミュリエルも同じ気持ちだった。

「マイルズ王子もそのようにご冗談をおっしゃるのですね。下々の会話に精通していらっしゃるのは、さすがです」

クライブはマイルズを持ち上げ、マイルズの言ったことを冗談にして流した。お世辞でも悪い気はしないのか、マイルズの鼻の穴がひくひくしている。

ハロルドの言った、目の奥に突き刺さるようなきらきらした衣装に身を包んだマイルズの隣に座っているミュリエルは、晩餐が始まってからずっと、引きつった笑みを顔に張りつけていた。

台所頭が前日から仕込みをした料理が、どんどん運ばれてくる。塊肉にスパイスを擦り込み、こんがり焼き上げて薄切りにして供された鹿肉のローストは、ミュリエルの好物だったが、マイルズの隣の席では美味しさが半減してしまう。

せっかくのお料理なのに…。

台所頭に申し訳なく思う。

「ボウエン、そちは何日も野営していたと聞いたが、まことか？」

「はい。そちらにおりますハロルドや、モラード家の兵士たちと盗賊団を追っていましたので」

「ミュリエル殿は野営がどんなものかわかるか？」

いきなり話題を振られたミュリエルは、いいえ…とだけ答えた。

父も母もいないのだから、自分が客をもてなして場を盛り上げなければならないのだが、上手く会話を繋げない。マイルズ王子はご存じなのでしょうか？　とか、大変なのでしょうね、などと言い添えればよかったと自省する。

「そうであろう。私も野営などまったく想像できない。風呂にも入れぬのだからのう」

マイルズはまったく気にしていないようだが、クライブばかりに任せて自分はなんの役にも立っていないのだ。

「ボウエンは伯爵家の子息らしいが、子息にもピンからキリまでおるのだな」

クライブを愚弄されて顔が強張りそうになったミュリエルは、ゴブレットを口元に運んでごまかした。椅子の脚が床に擦れる音がしたのでチラリと見ると、ハロルドがムスッとした顔を、マイルズとは反対のほうへと向けていた。

ハロルドは温厚な男だ。情に熱い男でもある。ミュリエルと婚約をしたとはいえ、他家の子息であるクライブがモラード家のために兵を率いてくれたことに、とても恩義を感じているようだ。クライブの人となりを気に入っていて、父が動けない現在、自分より若いクライブの手足となって働いてくれている。だから、クライブを見下すような物言いに腹を立てているのだ。

ハロルドが何か言い出さないかと、はらはらしてしまう。そして、クライブは、と様子を窺うと…。

「おっしゃるとおりです。私はかなり異端な息子でしょう」

ミュリエルたちの憤りをよそに、クライブは笑って答えた。

クライブの立場では、場を考えてこう答えるしかないのは理解できる。

だが、ミュリエルは切なくなった。

自分が会話に上手く入っていければ、クライブを助けられるのに、と。

「ボウエン伯爵家は兄が継ぎますから、二男の私は自由にさせてもらっています」

叔父はほとんど口を挟むことなく、クライブに任せて成り行きを見守っていた。

「ボウエンは二男か。不満はないのか？　二男では家は継げないからのう。兄ばかりいい思いをしているとは思わんか？」

斜に構えた様子でマイルズが聞いた。マイルズは兄王子に不満があるのだろうか。

「我が兄は、私と違ってやり手ですので、ボウエン家を守《も》り立てていくでしょう」

「ほう、兄のほうが自分よりも勝っていると言うのか。兄はそれほど立派な男なのか？」

酔ってきたのか、マイルズはクライブに絡み始めた。

ジョンは借りてきた猫のように小さくなっていて、ちびちびと葡萄酒を飲んでいる。ハンスは料理を次々とたいらげ、葡萄酒をがぶ飲みし、会話に加わる気もなさそうだ。時々、鼻煙壺から嗅ぎ煙草《たばこ》を取り出しては吸い込み、鼻を摘んでいる。

「私では兄のようにはいきませんので、適材適所でしょう。地方貴族とはいえ、伯爵家を切り盛りするのはそれなりに大変ですから。国政という大舞台に携わっていらっしゃるマイルズ王子は、よくご存じでしょう」

「その通りだ、ボウエン。大変なことなのだ。国を動かす立場にある私の苦労は、ここにいる者にはわかるまい」

ぐふっ、と言った後に、叔父が口元をナプキンで覆っていた。葡萄酒を噴いてしまったようだ。ノーマンがさっと新しいナプキンを手渡している。

「マイルズ王子にも兄君がいらっしゃいましたね」

「うむ、そうだ」

「なかなかの人物と伺っておりますが」

「まあ、そうだな。悪い兄ではないが…」

兄王子の話を避けたいのか、マイルズのしゃべりが失速する。

「エルゴラは今、大変な状況だとウエスト殿から聞きました。国を離れていらっしゃるマイルズ王子の心中、お察しいたします」

「大変な状況というのは…、ちと、大袈裟ではないかな」

そうでございますか？　と叔父が割って入った。

「私たち家族が手広くやっていた商売をたたんでまでパレネリアに来たのは、大変な状況だからでございますよ。そもそも…」

「ウエスト、そちはエルゴラの国民であろう」

マイルズは手を振り上げて叔父を遮った。余計なことはしゃべるなということだろう。

「ところでボウエン、剣は使えるのか？」

エルゴラの話などなかったかのように、マイルズは話題を変える。

「ハンスも使えると自慢していたぞ。どちらが強いのだ」

ハンスがゴブレットを叩きつけるようにテーブルに置いた。

「マイルズ王子、クライブ・ボウエンと俺とを比べるのは失礼というものだ」

ハンスは身体を椅子の背に預け、顎を上げてテーブルに着いた人々を見下ろすような格好をした。横柄な態度に、使用人たちが眉を顰めている。

「ハンスのほうが強いのか？」

「決まっている。ボウエンは脚を引きずるのですぞ。そんな奴と一緒にしてもらいたくないものだ」

なんてことを…。

テーブルの下で両手をぎゅっと握りしめた。こんなところで自分の過去が穿《ほじく》り返されるとは思わなかった。

「ボウエンは足が悪いのか？」

「左足が少々。幼き日に木から落ちました」

「なんと、木から…。それは無様な」

マイルズは高らかに笑う。

ミュリエルは血の気が引いた。自分の愚かな行いがもとで、クライブが皆の前で晒し者にされているのだ。

私があんなことさえをしなければ…。

その上、未だに謝罪していない。

ハロルドは指先が白くなるほどの力でゴブレットを握りしめていた。叔父は眉間に皺を寄せて、目を閉じていた。二人とも憤っているのだ。ノーマンや使用人たちも、マイルズを苦々しく思っているようだ。テキパキと動きながら、マイルズにちらちらと視線を送っている。

マイルズの使用人のようになっているマーサがこの場にいないのは、今朝から熱を出して寝込んでいるからだ。いれば、マーサだけはマイルズに追従を言っていたかもしれない。

「ボウエンはなかなか面白い男だ」

「面白いと言われたのは初めてです」

クライブはそう言って笑うと、美味しそうに葡萄酒を飲む。

ミュリエルは涙が出そうだった。

足を気にしないわけはないのだ。普段の暮らしに支障はなくても、上手く動かなくて苛立つことがあっただろうし、困ることもいっぱいあったはずだ。これからもあるだろう。

悪いことをしたと思っている。これまで謝罪できなかったのは、なかなか機会に恵まれなかっただけ。いつかいつかと常にそのことを考え続け、自分は忘れたことはないのだから、当時のことを怒られるかもしれないけれど、謝罪すればクライブならきっと許してくれる。

ミュリエルはそう考えていた。

私は、自分で自分を先に許してしまっていた。こんなに思っているのだから、一生懸命謝っているのだから、許してくれるに違いない、と。なんて自分勝手なの。

ミュリエルは自分自身が許せなかった。

引っ込み思案になった。おとなしくて優しくなった。周りからそう言われて、自分でもそうだと思い込んでいたけれど……。

小さい頃から少しも変わっていない。こんなに傲慢《ごうまん》で自己中心的で、嫌な人間のままじゃない！

「では、ハンスのほうが強いということか」

ハンスは鼻で笑った。当然だ、と言わんばかりだ。

「この中で武術大会に出た者は誰もいないのだ。俺が一番強いに決まっている」

「ほう、武術大会か。ハンスは自ら強いと言うだけのことはあるのだな」

ハンスは上位に入ったことを自慢するが、ミュリエルは知っていた。

赤子の手を捻るようにハンスをコテンパンに退け、武術大会で優勝した砦のフィッシャー騎士団長と、クライブが互角の戦いをすることを。

騎士団とともに盗賊団を追っている時、暇潰しだと称して、フィッシャーはいつもクライブに剣の稽古の相手をねだった。フィッシャーの相手ができるのは、クライブだけだったからだ。

稽古だったはずが、互いに熱が入ってしまうのか、モラード家の兵士や騎士団の団員が固《かた》唾《ず》を呑んで見守るほどの闘いになった。フィッシャーが一本取れば、次はクライブが取り返す。負けず嫌いのフィッシャーは、もう一本と挑み、ハロルドと騎士団の副団長が止めるまで剣を引こうとしない。

クライブ様は本当に強いのですよ、とハロルドが自慢げに語ってくれた。

視線を感じたミュリエルは顔を上げた。ハロルドと視線が合うと、ハロルドは口元を緩めた。ハンスと戦ってもクライブは負けないと確信しているのだ。ハンスの高飛車な態度は、ハロルドにはかえって滑稽《こっけい》に見えるのだろう。

「マイルズ王子、リンド殿はパレネリアの武術大会で上位入賞の実力者です。恥ずかしながら、私などはとても敵《かな》いますまい」

王都で行われる武術大会に、地方に住んでいる貴族が出ることは稀《まれ》だ。力量があっても出場しない者だっている。そもそも、戦のない現在では武術大会は形骸化《けいがいか》していた。

クライブ様はお強いのに…。

フィッシャーと互角に闘えると自慢しなくても、もっと違う言い方ができるはずなのだ。どうして自分を卑下するようにおっしゃるの？

クライブは何を考えているのだろうと心の中で首を傾げ、ふと、自分はクライブを理解できているのだろうか、と思った
これまでクライブは、自分の思っていることをほとんど話すことはなかった。ミュリエルはずっとクライブを見つめ続けてきたから、誰よりもクライブのことを知っている、と自負していたけれど、何一つ知らないのではないか。

あの夜からクライブは変わった。朗らかで会話も多くなった。今もナイジェルが乗り移ったのではないかというような口調でマイルズと話し、笑みを浮かべている。

それは、本当のクライブ様なの？

一心に見つめていたからか、クライブがミュリエルを見た。目が合えばいつも微笑み返す

ミュリエルだったが、視線を逸らしてしまった。

柔和な笑みを浮かべているクライブが、まったく知らない人のように思えたのだ。

クライブは怪訝な表情でミュリエルを見ていた。ミュリエルは焦った。早く笑わなくては、と思えば思うほど顔が強張って、視線が泳いでしまう。

「ボウエン、マイルズ王子も強いらしいぞ。俺よりも強いかどうかは知らんが」

一度剣を交えてみたいとハンスが言いだし、皆の意識がマイルズへと向かう。ハンスとマイルズとクライブの会話がテーブルの上を飛び交い始める。

クライブの視線が逸れてミュリエルはほっとした。と同時に、父の言葉が頭の中に浮かんだ。

瓜二つだな。

「ミュリエル、そろそろ休んではどうかな?」

叔父が心配そうに声をかけてきた。

「何を言っているのだ、ウエスト。まだ宵の口ではないか。舞踏会ならば、まさにこれからという時間だぞ」

「マイルズ王子。男ばかりの中にレディがひとり、ミュリエルも辛いのですよ」

「そうなのか?」

「いいえ、皆様のお話はとても楽しく聞かせていただいております。ですが、そろそろ下がらせていただいてもよろしいでしょうか」

マイルズが顔を近づけてまじまじとミュリエルの顔を見る。

「ふむ、確かに顔色が悪い」

「ミュリエル殿、私がお部屋までお送りいたします」

ジョンが席を立とうとしたところで、お客様にそのようなことをしていただいては、とハロルドが先に席を立ったが、ノーマンのほうが早かった。

「ハロルド様、私がお供いたしますので」

ノーマンがミュリエルに手を差し出す。ノーマンに先を越されたハロルドは、テーブルに着いている人々に背を向け、絶望したように顔を歪ませた。ミュリエルを部屋に送った後は、これ幸いと食堂には戻らず兵舎に逃げ出そうとしていたのだろう。ノーマンのせいで当てが外れてしまったのだ。

ミュリエルは膝を折って皆に挨拶すると、ノーマンにつき添われて食堂を出た。

「ミュリエル様、大丈夫でございますか?」

「少し疲れただけだから」

そうでございましょう、とノーマンが頷く。

「こう申してはなんですが、あまり祝いの宴という感じではございませんでした」

「楽しい晩餐にはならなかったわね」

邸の者たち皆で祝う予定だったから、使用人たちも残念がっていた。

「マイルズ王子がお話になるたび、どうなることかと冷や冷やしました」

「私も気が気ではなかったわ」

「それにしても、クライブ様には感服いたしました。見事にお館様の代わりをお務めになっておられます」

ノーマンはクライブを褒める。

「会話の妙と申しますか、あれならばどのような場に出られても大丈夫でございましょう。かわし方といい、間の取り方といい、まるで、ナイジェル様のようでございました」

それを聞いたミュリエルは息を呑みそうになり、口元を押さえた。

「あの方は卓越した会話術を……、ミュリエル様、どうかなさいましたか？」

「ごめんなさい。…あくびが出そうで」

「お疲れなのでしょう。ゆっくりお休みください」

ノーマンの言葉に頷き、ミュリエルは動揺を見せまいと笑顔の仮面を被った。


「ふうっ、なんて元気なのかしら」

昼寝する子供たちを寝かしつける叔母を手伝い、子供たちと一緒に叔母がうとうとし始めたので早々に部屋を出てきた。

よく動き回る二人を相手にしていると、叔母が疲れるのも無理はないと思う。

珍しく叔父も朝から出かけていた。

「叔父様はどちらに出かけられたのかしら」

叔母に聞いても、クライブに何か頼まれているらしいとしかわからなかった。クライブも朝食に来なかったから、子供たちは機嫌がよくなかったのだ。

晩餐の翌日、父と母は最後まで残っていたボウエン家の兵士とともに、ボウエンの所領に向けて出発し、今日で三日が過ぎていた。ゆっくりしてきてほしいけれど、早く帰ってきてほしいとも思う。

クライブとぎくしゃくしているからだ。

「私がいけないの。でも、どうすればいいのかわからない…」

ミュリエルは廊下の窓から外を眺めた。


晩餐でクライブを避けてしまったミュリエルは翌日、日が暮れてだいぶ経ってから帰ってきたクライブに会いに、クライブの部屋へ向かった。朝食には父や母、叔母家族がいて話ができなかったし、クライブは父と母と一緒に邸を出てしまったからだ。

クライブに会って、まずは昨日のことを謝りたかったのだ。

「お帰りなさいませ、クライブ様」

「ただいま、遅くなってしまったよ」

部屋に入ってクライブの傍に行こうとしたミュリエルだったが、どうしてだか足が止まってしまった。おいで、と手を差し伸べてくれているのに、クライブの笑顔を見た途端、足が動かなくなってしまったのだ。

クライブは不思議そうな顔をした。そして、自分からミュリエルの傍まで来て、何かあったのかい？　と問うた。

「いいえ」

クライブにミュリエルは微笑み返そうとした。しかし、顔が引きつってしまう。

「どうしたんだい？」

「疲れているのかもしれません。ごめんなさい。クライブ様のほうがお疲れになっているでしょうに、こんな甘えたことを言ってしまって」

「甘えていいんだよ」

ミュリエルに、屈み込むようにしてクライブが口づけてくる。

啄んで、離れ、また啄む。機嫌を窺うような口づけだ。

軽く舌を絡ませただけで唇が離れたので、目が合う前にミュリエルはクライブにしがみついた。

「お父様とお母様がいらっしゃらないから、なんだか寂しくなってしまって」

ミュリエルはクライブの胸に顔を埋めて、嘘をついた。

昨日はごめんなさいと言いに来たのに、クライブの顔を見たら言えなくなってしまった。

「お二人とも無事に着いているだろう。今頃は温泉に浸かっているかもしれないね」

「そうですね」

「私も邸を空けてばかりだから、君に寂しい思いをさせているのだね。顔を見せておくれ」

ミュリエルは首を振った。どうしてなのだろう。クライブの顔を見るのが怖いのだ。

こんなに優しくしてくださるのに。

再三促されて、ミュリエルはクライブの腕の中でおずおずと顔を上げた。クライブは微笑みを浮かべて見下ろしている。

「やっと見せてくれた」

クライブがくすっと笑い、頬を指で突く。

ミュリエルは思わず顔を背けた。

「ミュリエル？」

「ごめんなさい。私…」

晩餐の時と同じような不安を覚えた。

ナイジェルのようなことをするクライブが、目の前で微笑んでいるクライブが、まったく知らない人のように思えてくるのだ。

「クライブ様は…、無理をしていらっしゃるのではないですよね」

「無理、とは？」

「朗らかになられました。とても嬉しいんです。でも、無理にそうなさっているのではないかと思って…」

「そんなことはない」

クライブがにっこり微笑む。

「でもっ…」

「ミュリエルはどうしてそう思うんだい？　これが本当の私なんだけどね」

言い切られてしまうと、ミュリエルはそれ以上問えなかった。

互いが口を閉ざし、どこか気まずい空気が流れ出した時、おざなりな忙しないノックの音がして、クライブの返事も待たずに扉が開いた。

「いやー参りました。数字がちっとも合いませんで……あ……」

入ってきたのは書類を手に入にしたハロルドだった。抱き合っている二人を見て、右脚を上げたまま止まっている。

「きゃっ」

「こっ、これは失礼」

ミュリエルが小さな悲鳴を上げると、ハロルドは慌てて回れ右をする。

「ハロルド、後で兵舎に行く。待っていてくれ」

「いえ、明日で結構ですよ。と言いますか、明日にしましょう。ぜひそうしてください」

「すまない、君が来るのをすっかり忘れていた」

かまいませんよ、とハロルドは頭を下げて出ていこうとする。

「待って、ハロルド。私は自室に戻りますから」

「いやいや、私のことはおかまいなく。兵士は機を見るに敏たるべし、です。私を野暮天にしないでください」

ハロルドは、すーっと下がっていく。

「いいの、ハロルド。お仕事のほうが大事ですもの」

会いたくてたまらなかったのに、謝りたいのに、クライブの傍にいたくなかった。

「ミュリエル、待ってくれ」

クライブが引き留めようとするのを、ミュリエルは拒んだ。

どこか困っているような、寂しそうな笑みを浮かべるクライブに、胸が痛む。けれど、どうしてもこの場に留《とど》まりたくなかったのだ。

ハロルドが扉を開けてくれる。

ありがとうと言って部屋を出ると、なぜかハロルドも一緒に出てきてしまった。

「ハロルド、あのっ…、今のこと…」

「私は信用できる男ですよ」

ハロルドがにんまり笑う。ミュリエルも微笑み返したつもりだったが、うまく笑えなかったのだろう。ハロルドは心配そうな顔をした。

「どうなさったのですか？」

ぎくしゃくしていた二人を変に思ったのだ。

「クライブ様のお顔を見たかっただけなの」

「それならばいいのですが…」

心配そうなハロルドを残し、ミュリエルは逃げるように自室に戻ったのだった。


窓の外では、兵士たちの訓練の声が響いていた。いつもより兵士の声が小さいのは人数が少ないからだ。大半が所領内に散っている。兵士たちはクライブの指示で、領民の被害状況の調査に出向いていた。

愛する人を失ってしまった人々の苦しみを想像すると、心が痛む。金で解決できるものではないけれど、少しでも早く見舞い金が届けばいいと思う。一家の大黒柱や働き手を失ってしまった家族の、これからの暮らしの助けとなるはずだから。

見舞い金は総額でかなりの金額になるだろう。働き手を失った家には税の見直しもするので、税収も減る。領主がここまでする必要はないのかもしれないが、父と母が出した結論だ。領民あっての領主だという考えに、ミュリエルも賛同している。

「来年いっぱいまで苦しくなりそう」

しばらく引き締めなければと母も言っていた。

結婚式の話が進まないのは、それもあるのかもしれない。披露宴には金がかかる。地方伯爵といえども招待客はかなりの数になる。自分の結婚式や披露宴が無駄なものだとは思いたくないが、浮かれてばかりはいられない。

無駄といえば、マイルズ、ジョン、ハンスの三人だ。マイルズの滞在費用は叔父が出してくれているし、叔父は気を遣って気前よく多めに払ってくれている。

問題はジョンとハンスだ。滞在していても、コイン一枚出してくれない。出そうという気もないし、出さなければならないという考えもないのだ。乱費家のマイルズと一緒にいるからか、ハンスは遠慮なしに同じような要求してくる。モラード伯爵家の財政が破たんすることはなくても、今後は居続けられると痛手になってくる。

そろそろお茶の時間だ。マーサが呼びに来ると思うと憂鬱《ゆううつ》になる。ホイホイと要求を呑んでいるマーサもマーサだと思う。至れり尽くせりで世話をしているのだ。

「マーサは私のことなんかどうでもいいみたい」

母が不在の間は自分がしっかりしなくてはいけないのだが、ミュリエルはどうしても強く言えない。

「お任せくださいなんて大見得を切ったのに。こんなことではとてもお母様の代わりなんて務まらないわ。それに……」

一番大きな問題があった。クライブのことだ。

クライブの部屋から逃げ出してから、クライブとは会っていない。忙しいのもあるのだろうが、クライブが食堂に来ないのは、自分に会いたくないからではないか、と思う。クライブの顔を見ると、変な態度を取ってしまうからだ。

父もノーマンも、クライブをナイジェルのようだと評した。ミュリエルもそう感じるし、よいことなのだと思っていたけれど、笑顔を振りまくクライブを手放しで喜べなくなってしまった。

自分でも、どうしてクライブが怖くなってしまったのかわからない。

考え事をしながら歩いているうち、普段はあまり使われない場所に来ていた。溜息をついて、螺旋状の階段を、こつん、こつんと一段ずつ、ミュリエルは重い足取りで下り始める。

クライブ様が好き。愛しているの。

その気持ちに偽りはないし、結婚だって望んでいる。

なのに、心の中に不安が澱《おり》のように溜まっていく。考えれば考えるほど、澱は濃く重くなっていくのだ。

「クライブ様に嫌われてしまうかも」

そう考えて、根本的なところで間違っていることに気づいた。

「クライブ様は、私を好きだと言ってくださったことがない」

一度もないのだ。

初めての夜、ミュリエルは愛しているとクライブに告げたが、クライブから愛しているという言葉は帰ってこなかった。

優しく微笑んで、かわいいと言ってくれた。身体を求めてくれた。だから、愛されていると思っていた。自分との結婚を望んでくれているものだと、勝手に思い込んでいた。

けれど……。

鼻の奥がつんとしてくる。涙が出そうだ。

ミュリエルはのろのろと螺旋階段を下りて廊下に出ると、立ち止まった。どのくらい立ち尽くしていたのだろうか、荒々しい靴音が近づいてくるのに気づいた。

「ミュリエル殿」

「ハ、ハンス様」

どうしてこんなところにやってくるのか。使用人もほとんど来ない場所なのだ。

ミュリエルはハンスが苦手だった。最初の頃はそうではなかったが、次第に横柄な態度で接してくるようになったからだ。いつもギラギラした目をしていて、品定めされている気がするのだ。マイルズとつき合うようになって、ハンスはさらにふてぶてしくなった。使用人たちから煙たがられていて、マイルズよりも嫌われている。

それというのも、ハンスは若い娘の使用人にちょっかいを出すのだ。通りすがりに尻や胸を触ったり、卑猥な言葉をかけたりもするようだ。自己中心的で変わっているマイルズのほうが、よほど紳士的なのだ。

同じテーブルに着くたび、手を握ってくるのには辟易しているけれど…。

「何をしているんだ」

「ハンス様こそ」

「ミュリエル殿を捜しに来たのだ」

「私を？　何かご用でしょうか？」

「ご用とは酷い言いようだ」

ハンスが吐き捨て、ミュリエルに近づく。安物の嗅ぎ煙草の臭いがする。

「マーサがいないと騒ぐから、俺も捜しに歩いていたのだぞ」

「それは申し訳ございません。所領内が落ち着かず、何かと多忙なもので」

こんな人気《ひとけ》のない場所で、ハンスと二人きりでいたくない。失礼します、とハンスの横をすり抜けようとした。だが、むんずと腕を摑まれた。

「何をなさるのです」

怖気に襲われたミュリエルは、ハンスの手を振りほどいた。

「これからマイルズ王子のところへ行くぞ。それとも、マイルズ王子を無視して、俺と二人きりがいいのならそれでもかまわんぞ」

にやりと笑う。

「それは…」

「ジョンにはつき合ったそうじゃないか。俺も婿候補だぞ」

「ハンス様、その件は、ご実家に父からお断りの手紙を…」

「さあな。俺は知らん」

知っているはずなのに、ハンスは嘯《うそぶ》く。

「ミュリエル殿はお父上の意向で、怪我をしたボウエンのところにまで出向いたと聞いたが、本当か？」

「父の意向というわけでは…」

「いくら盗賊団征伐のためだとしても、お父上も何を考えているのか。娘をボウエンに差し出す気だったのか？」

話はまったく違っているが、自らが望んだのだと言うわけにはいかない。

「婚約といっても、ボウエンに兵を率いてもらうための仮婚約だと聞いたぞ」

「誰がそのような…」

ミュリエルの脳裏に、ある人物の顔が浮かんだ。

マーサだわ！　何を考えているのかしら。

邸の内情を話してしまうマーサに怒りが湧いた。

「ボウエンも婿入りに必死なようだな」

「どういう意味でしょう」

必死も何も、クライブ様が婿になることは決まっているのに。

「ミュリエル殿は、最近のボウエンを見て変だと思わないのか？　この間の晩餐もそうだった。我が目を疑ったぞ。以前のボウエンとまるっきり違うではないか」

反論できなかった。ミュリエルの不安を鋭く突いてきたからだ。調子づいたハンスはさらに続けた。

「使用人にまでぺこぺこしている姿は、哀れだな」

「なっ！」

「あいつもなりふり構ってはいられんのだな。あそこまでするのは、結婚が決まっていないからだろう？」

確かに、婚約を急遽決めたのは兵を率いてもらうためだ。その後、婚約発表もなされていないし、結婚式の予定も立っていない。

モラード家は被害を受けた領民への支援などの手配に追われ、領内が落ち着いてからでもいいという空気が流れている。

お二人はまだお若いので急ぐこともないのでは、というような話を、ノーマンと台所頭がしていたのも聞いた。

「所領内が落ち着いていないからです」

「そういえば、領民に見舞い金を出すそうだな。そんなことをしてなんになるのだ」

ハンスは鼻で笑った。

「自腹を切るのだろ？　何人死んで、ひとりにいくら払うのか知らんが、モラード伯爵家の資産が減るんだぞ」

我が家の資産を心配していただかなくても結構よ！

喉まで出かかった言葉をミュリエルは呑み込む。

ああ、この方をお父様がお選びにならなくて、本当によかった。

「当家のことにお心を砕いてくださって、ありがとうございます。ですが、モラード家で決めたことですので…」

「俺は関係ない、ってか？」

「ご心配いただいて、嬉しく思っています」

「なら、少しは俺を構ってくれてもいいじゃないか？」

ハンスに手を摑まれた。

「なぁ、俺ならもっと早く盗賊団を壊滅させたんだぞ。どうして俺を選ばなかったのだ。お父上は人を見る目がないのではないか？」

モラード家の苦境を知っていながら、知らぬ顔をしていたくせに、今さらそんなことを言うなんて。

「ハンス様では…、無理です」

憤ったミュリエルは、つい、思っていたことを口走ってしまった。

「なんだと！」

「う…、いっ！」

激昂《げっこう》したハンスに強い力で右の手首を握られた。折れてしまいそうだ。

「クライブ様だからこそ、盗賊団を壊滅できたのです！」

「ボウエンに何ができるって言うんだ。騎士団に助けてもらっただけじゃないか」

「痛いっ！　やめてください！」

「俺と結婚すれば毎晩かわいがってやるぞ。なんなら今からでも…」

口元を歪めて、胸元を覗き込んでくる。

「ハンス！」

ジョンが走ってきた。ジョンもミュリエルを捜していたのだろう。今こそ、ジョンがいてよかったと思ったことはなかった。

「いやっ！　離して！」

「ミュリエル殿に何しているんだ。嫌がっているじゃないか。離しなよ」

「お前はなんて馬鹿なんだ。女はな、嫌だというのは建前《たてまえ》で、本音は違うんだぞ」

勝手な解釈に、ミュリエルは唖然とした。

「そうなのですか？」

ジョンは真面目な顔でミュリエルに聞く。

「違うわっ！」

こんな状況で聞いてくるジョンに呆れてしまう。

「違わねぇ。女はそうなんだよ！」

ミュリエルが否定する前に、ハンスはミュリエルを抱き竦めようとする。

「いやっ！　本当に嫌！　だれがあなたなんかと！」

ミュリエルは手を振りほどこうと暴れた。

「くそっ、静かにしろ！」

ミュリエルを羽交い締めにしたハンスは、大きな手でミュリエルの口を覆った。大柄で力の強いハンスに捕まったら、とても逃げられない。

「本当に嫌がっているよ。それに、何をするつもり？」

「何って、お前、見てわからないのか？　楽しませてもらうんだよ」

とんでもないことを言い出した。

口を押さえられているミュリエルは、うーうーと呻くことしかできない。胸に触ろうとするハンスの手を防ぐべく、両腕で必死に身を庇う。

ハンスに会った時、すぐに逃げればよかったのだ。しかし、邸内でこんな目に遭うなんて想像つくだろうか。ありえないことだ。

クライブ様！

ミュリエルは心の中で必死にクライブの名を呼んだが、クライブは出かけている。邸にいたとしても、こんなところに足を運ぶことはない。

「ジョン、誰も来ない場所はないのか？　なあに、やっちまったらこっちのもんだ。物置きでもなんでもいい、お前の方が邸の中を知っているだろう」

「待ってよ、ハンス！　約束が違う。ミュリエル殿は僕の…」

「ジョン！　ぺらぺら喋るんじゃない！」

「だけど、マイルズ王子が…」

「黙れ！」

怒鳴られたジョンは口を噤《つぐ》んだ。

ミュリエルは必死に抵抗し、ジョンを睨《にら》みつけた。

「でもハンス！　マイルズ王子のところに行かないと。マーサが捜しに来るよ」

ミュリエルに睨まれたジョンは、やっとハンスの手を掴んで止めた。

「そんなことをしているのを見られたら…」

ちっ、とハンスは舌打ちしてミュリエルを突き放した。ジョンが言ったように、ミュリエルを呼ぶマーサの声がかすかに聞こえたからだ。

「ミュリエル殿、大丈夫ですか？」

よろめいて倒れ込みそうになるミュリエルに、ジョンが手を差し伸べるが、ミュリエルはその手を撥ねのけた。

「ちょっと触ったくらいで大袈裟な。こんな弱々しい女のどこかいいのか」

ハンスはふてぶてしく言い放つ。

恐怖で声も出なかった。一刻も早くこの場から逃げ出したいのに、ガクガクと足が震えて立っているのもやっとだった。

ふん、と鼻を鳴らし、ハンスは踵《きびす》を返して去っていく。ジョンはおろおろして、ハンスのほうを見たり、ミュリエルに声をかけようか迷ったりしている。

ミュリエル様、とマーサの声がした。廊下の向こうからこちらにやってくる。ミュリエルは身体の震えを必死に止めようとし、冷たくなった両手を揉み合わせた。

「ジョン様も、こんなところで何をなさっていらっしゃったんです？」

「僕は何もしていない！　僕は何もしていない！」

ジョンは泡を食って二回繰り返した。その様子はあまりに滑稽で、マーサは不思議そうな顔で首を傾げている。

ハンスに襲われそうになったとマーサに言うべきか、ミュリエルは迷った。最近のマーサには不信感しかない。話してもマーサは信じてくれるだろうか。

「マイルズ王子がお待ちですよ。あらっ、ミュリエル様、お顔の色がよろしくありません。何かあったのですか？」

ジョンが気まずそうな顔をする。

「いいえ、なんでもないのよ、マーサ」

言っても無駄だと思った。ノーマンに、とも考えたが、ノーマンは父と母に連絡してしまうだろうし、娘が襲われたと知ったら、せっかく出かけた父と母は帰ってきてしまう。言えないわ。

ハンスもジョンも自分からは言わないだろう。それよりも…。

ジョン様は、約束とおっしゃった。ハンス様と？　それともマイルズ王子と？　いったい何を約束したの？　マーサは知っているのかしら。クライブ様のことも…。

頭の中を整理したいが、気持ち悪くて吐きそうだ。

「本当でございますか？　どうかマーサにお話しください」

ミュリエルの身体を心底気にかけているようだが、マーサを信じきれなかった。

「何もないわ。とても気分が悪いの」

「お部屋でお休みになったほうがよろしいですね。参りましょう」

「いいえ、マイルズ王子がお待ちなのでしょう？　ひとりで大丈夫よ」

マーサは何か言いかけたが、ミュリエルは背を向けた。

「僕がお部屋までお送りします」

ジョンがついてこようとするのを、結構です！　と拒絶する。

ハンス様に従いそうになったくせに、今さら紳士ぶらないで！

ミュリエルにとってはジョンもハンスも同罪だが、ジョンは、自分は何もしていないと思っているのだ。

覚束《おぼつか》ない足を叱咤して歩き続ける。

私はクライブ様のものなのに。

痛む手首をさする。ハンスに触られたことが悔しくてならない。涙が出てきた。

毅然とした態度と笑顔を忘れてはいけないよ。

ナイジェルに言われた言葉だ。

「わかっているわ、ナイジェル兄様。でも…」

父と母の期待以上の働きをしているクライブと比べ、不甲斐ない自分が惨めになる。

ミュリエルは自室に飛び込んで泣いた。

怖くて、悔しくて、情けなかった。

ハンスに襲われそうになった恐怖と、マーサへの不信感、邸を任せてくれた母の期待に応えられないこと。ハンスが言ったクライブのこと。いろんなことがない交ぜになって、何が悔しくて何が悲しいのか自分でもわからない。

「クライブ様、早くお戻りになって」

抱きしめてほしかった。あの広い胸に抱かれていれば、恐怖なんかいっぺんに吹き飛んでしまうはずだ。微笑んで、大丈夫だよ、と慰めてほしかった。

ミュリエルは目を閉じて、クライブの顔を思い浮かべる。

けれど…。

浮かんだのはなぜか、上からじっと見下ろす、以前の無表情なクライブだった。


「だーれだ」

庭の隅に置かれたきのこの形をしたガーデンオーナメントに腰かけて、ぼんやりしていたミュリエルは後ろからいきなり両目を塞がれた。

「ナイジェル兄様！」

「おや、すぐにわかってしまったか」

塞いでいた手を外されたので振り向くと、思った通り、ナイジェルが立っていた。

「声でわかります。もう、驚かせないでください」

「びっくりしたかな？」

ナイジェルがウインクする。

ミュリエルは立ち上がって、ようこそいらっしゃいました、と膝を折った。

「お父上とお母上は、のんびり過ごされているよ。怪我の具合もいいみたいだ」

「わざわざそれを伝えにいらしてくださったのですか？」

「君の顔が見たかったからね」

「ボウエンのおじさまには、なんてお礼を言ったらいいか」

「礼を言いたいのはこちらのほうさ。父も遠出するには辛い齢になったからね。話し相手が来てくれて嬉しいんだよ」

一緒に温泉に浸かって話をしたり、テーブルゲームをしたり、近くの川で釣りもしているらしい。

「おじさまはお元気でいらっしゃるのね」

ボウエン伯爵は老齢で、ミュリエルの父よりもかなり年上だった。ミュリエルが小さかった頃はよくモラード家に来ていたが、ここ数年、足を運ぶことはなかったから、顔を見ていなかったのだ。

「身体は老いたが、まだまだ元気だよ」

「安心しました」

ミュリエルが微笑むと、また一段と美しくなったね、とナイジェルは言った。

「相変わらずお上手ね」

相変わらずとは酷い、とナイジェルは肩を竦める。

「だって、先日お会いしたばかりよ」

そう言ったものの、ナイジェルがボウエン家の兵士を引き連れてきたのは、もう遠い日のように思えた。

「私はちっとも変わっていないのに。いいお天気ですね、と同じ意味合いでおっしゃったのでしょう？」

「そんなことはない」

男の賛辞は素直に受けるものだと言われ、素直にありがとうと言った。

「日一日と、君は美しくなっているよ」

「嬉しいわ」

「と言う割には…、どこか顔色が優れないね」

指摘されたミュリエルは、表情を曇らせた。

「クマができているよ」

目の下を、指でそっと撫でる。

「気にしているの。言わないで、ナイジェル兄様」

「おう、それはすまなかった」

このところいろいろ考えてばかりいて眠りが浅くなっていたし、化粧でごまかしているけれど、顔にできてしまったクマは一向に消えない。

「こんなところで立ち話もなんですから、中にお入りになりませんか？」

「いや、マーサに引き止められるからね。ここでかまわないよ」

マーサに見つからないようにして、ノーマンにミュリエルのいる場所を聞いてきたのだと言った。

「そうね…、ごめんなさい」

先日も、すぐに戻らなければならないと言っているにもかかわらず、マーサは散々引き止めて、ナイジェルを煩わせたのだ。

「いいんだよ。それでどうしたんだい？　我が弟はちゃんとやっているのかな？」

「クライブ様は毎日お忙しくしていらっしゃいます」

「不満なのかな？」

とんでもない、とミュリエルは否定した。

クライブのおかげで、被害に遭った領民への補償準備も進んでいるし、父はのんびり温泉にも出かけられるのだ。

「それじゃあ、居座っているきらきらした客のことかい？」

「ご存じなの？」

「我が家の兵士が言っていたんだよ」

邸の守りに来てくれていたボウエン家の兵士たちの間でも、マイルズは噂になっていたらしい。派手な装いの見知らぬ男が、モラード家の敷地内を我が物顔で歩いているのだ。噂にもなろうというものだ。

「マイルズ王子は…、ええ、困ってはいるのですけれど、そのことではないのです」

「婿候補の二人？」

ハンスに襲われたことは誰にも言うつもりはなかった。気持ち悪かったし腹も立ったが、事を荒立てたくなかったのだ。モラードとリンド、両家の今後のつき合いにも関わってくるからだ。

それに、ジョンはあの事件のあった日の夜に、ハンスも次の日にモラードの邸から出ていった。ジョンは気が小さいので居たたまれなくなったのだろうし、ハンスも婿入りに見切りをつけたのかもしれない。

「いいえ…」

抱え込んでいる不安を、ミュリエルは誰にも相談できずにいた。

朗らかになったクライブは、邸の使用人たちにも受け入れられ、叔母の子供たちだって懐いている。それの何がいけないのか。どうして不安になるのか。不安に思う自分がおかしいのではないか、と悩み続けていた。

そして、クライブが自分のことを好きではないかもしれないということも。

「私でよかったら相談に乗るよ」

ナイジェルがそう言ってくれるだけで、心の中が軽くなる。自分の不安をナイジェルならわかってくれるのではないか。

「クライブ様のことです」

「愚弟が何かしでかした…、というのではなさそうだね」

ミュリエルの真剣な面持ちに、ナイジェルの口調が変わった。

「話してごらん」

寡黙だったクライブが以前とは打って変わって、とても明るく朗らかになったこと。周りの人々に気さくに話しかけ、場を和ませたり、笑いを取ったりするのだと話した。

「マイルズ王子に嫌みを言われても、笑ってかわしてしまわれる。そんなクライブ様は…、まるで、ナイジェル兄様なのです。無理をしていらっしゃるのではないかと思って、一度聞いたのです。でも、クライブ様は、これが本当の自分なのだとおっしゃって…」

「ほう、クライブがねぇ」

ナイジェルは、それは面白い、と言って笑った。

「面白くなんてないわ！」

「ふむ」

気まずくなってから、クライブとは二人きりになっていない。朝食は一緒に摂ることはあるけれど、叔母の家族がいる。子供たちがクライブの両脇を固めているので、挨拶はしても言葉を交わすことはなかったのだ。子供たちに嫉妬していたミュリエルは、子供たちの存在に助けられていた。

「私に優しくしてくださるの。微笑んでくださるの。でも、そうされればされるほど、私の知っているクライブ様と全然違う方のように思えてき…て…、ぅ…、なんだか、怖くな…ってしまって…」

心の中にずっと溜まっていたものが、言葉にした途端に溢れ出してしまい、ミュリエルは泣きだした。

「ミュリエルはずっと我慢していたんだね」

「ナイジェル兄様」

ミュリエルはナイジェルの胸に飛び込んだ。ナイジェルが優しく頭を撫でてくれる。

「辛かったね。ひとりで悩んでいたんだね」

ミュリエルはナイジェルの腕の中でひとしきり泣いた。

「ミュリエル、さあ、泣きやんで」

ナイジェルは取り出したハンカチでミュリエルの涙を拭った。

「ごめんなさい。こんなこと、誰にも話せなくて…」

「あれはあれなりに考えているのだと思う」

「何をお考えなのでしょう？」

ナイジェルは腕を組んで、それは私にもわからない、と言った。

「でもね、あれは…」

何か言いかけて、ナイジェルはひとり笑った。

「ナイジェル兄様？」

「あれは結構頑固者だからね。いい意味でも悪い意味でも。こうと決めたら、梃子《てこ》でも動かない。自分で決めたことを守り抜く男だ。多分、私が何か言っても変わることはないだろう。私では変えることはできないよ」

「そう…」

「力になれなくてすまないね」

ナイジェルに話してもらえればなんとかなると思っていたミュリエルは、落胆した。そして、頼ってはいけないのだとも思った。

「いいえ、いいのです。こうして話を聞いてくださっただけで十分です」

自分でなんとかしなければ。

クライブ様を愛しているんですもの。

「ミュリエル、クライブを信じてやってくれないか」

ミュリエルはナイジェルを見上げた。ナイジェルは微笑んでいた。

クライブ様とよく似ている。でも、クライブ様はもっと…。

「クライブを見ていておくれ。君なら、本当のクライブを見つけることができる。きっと、見つけられるのは君だけなんだと思うよ」

ナイジェルの言葉に、ミュリエルは頷いた。

見送りはいいと言ってナイジェルが去り、ミュリエルはしばらくその場に佇んでいた。睫毛に残っていた涙を拭いて顔を上げると、邸の隅に影が見えた。

「クライブ様」

クライブは目が合うと、いつものように笑みを浮かべた。

ミュリエルがクライブのもとへ行こうとすると、クライブは逃げるように一歩下がった。

ミュリエルの足が止まる。距離を置いたまま、クライブと見つめ合った。

クライブは見ていた。昔のように、ただ見ていた。幼き日と違うのは、笑みを浮かべてい

るところ。

微笑んでいるクライブがあんなに怖かったのに、今はクライブの傍に行きたくてたまらない。ミュリエルは意を決し、足を踏み出す。二、三歩行ったところで、クライブは踵を返して建物の陰に消えてしまった。

「あっ…」

ミュリエルは追いかけることができなかった。拒絶された気がしたのだ。

クライブはいつからそこにいたのだろう。ここからは距離があるので、ナイジェルとの会話は聞こえなかったはずだ。

「どうして行ってしまわれるの？　何もおっしゃらないのはなぜ？」

自分の兄とはいえ、ミュリエルが他の男の胸で泣いているのを見たというのに…。

クライブの心がわからない。

信じてやってくれとナイジェルは言ったけれど、クライブにぶつかっていく勇気が、ミュリエルにはなかった。

眠れなかった。目を閉じていても、いろんなことを考えてしまう。

ミュリエルは寝返りを打った。

父と母はボウエンの所領に行ったままだ。母からは手紙が来た。父は心身共に元気で、気鬱がなくなったこと、邸に変わりはないようだから、ボウエン伯爵の勧めでもうしばらく滞在することなどが書かれていた。

ゆっくりしてもらいたい。でも、早く帰ってきてほしいと思う。

というのも、自分のあずかり知らぬところで何かが動き出している気がするからだ。

マイルズは相変わらずで、ふわふわと自由気ままに暮らしている。ジョンとハンスはいったんモラード邸を出たものの、マイルズを訪ねてきては邸に出入りしているようで、未だにマイルズと繋がりを持とうとしている二人の行動が気になるのだ。

ジョンはミュリエルを避けているのか姿を見ることはないけれど、ハンスは平気な顔で自分から声をかけてくるから驚きだ。マイルズの部屋から機嫌よく出てきて、にやにや笑いながら、ミュリエル殿は今日も美しいな、などとマイルズのような口調で話しかけてくる。いけ図々しいというか、面の皮が厚いというか、あんなことをしておきながら、後ろめたさのかけらもない無神経さに呆れてしまう。

ノーマンに対処してもらおうかと考えたが、襲われそうになったことを話さなければならないので、近づかないようにして様子を見ていた。

マイルズの部屋から出てきてご機嫌なのは、マーサも同じだった。まるでスキップしそうな足取りで廊下を歩いている。ミュリエルが目の下にクマを作っていることにも気づいていない。父と母がいつ戻ってくるのかをしきりに気にしていて、話したいことがあると浮かれていた。調子のいいマイルズに乗せられて、何がよからぬ企みに加担しているのではないか、と心配になってくる。

「聞いても私には話してくれないし」

あれほどミュリエルをマイルズに近づけようとしていたマーサは、お茶にも誘いに来なくなってしまった。怪しくても、疑わしいだけで証拠がないマイルズたちを、密かに探ろうと考えていたミュリエルには誤算だった。これまでお茶の誘いに逃げてばかりいたから、今さら顔を出せないのだ。

兵士たちは所領内の調査を済ませ、多くが邸に戻ってきていた。新たな盗賊団が出たという噂も聞かないので一安心だ。

エルゴラの内乱がどうなったのか、叔父もクライブも話題にしないので、悪くはなっていないのだろうと想像している。

叔父は商いを再開するためか、頻繁に手紙を出したり受け取ったりしている。クライブと立ち話をしているところも見かけた。会話の内容まではわからないが、二人とも真剣に話し込んでいた。

クライブはハロルドや兵士たちを連れて動き回っている。砦から書簡が早朝に届けられ、それを読んで飛び出していくこともあった。盗賊団の後始末なのか、別件なのか、知ったところで手伝えることはないのだが…。

『クライブを見ていておくれ。君なら、本当のクライブを見つけることができる。きっと、見つけられるのは君だけなんだと思うよ』

「ナイジェル兄様はそう言ってくださったけれど、ますますわからなくなってしまったわ」

ミュリエルは先日、緊張しながらクライブの部屋に入ったことを思い浮かべた。

ナイジェルの言葉に触発されたミュリエルは、クライブにまたお茶を運ぶことにした。クライブを避けて気まずくなってから、足が遠のいていたのだ。ナイジェルとのことも説明しなければと思っていた。きっと、クライブは気にしているだろうから、と。

部屋に入ると、クライブはミュリエルを見て笑みを浮かべた。いつもと変わらぬクライブにミュリエルは胸を撫で下ろした。

「昨日とは違う香りだ」

ノーマンは嬉しそうに頷き、カップにお茶を注ぐ。ミュリエルが声をかけなくても、ノーマンはクライブにお茶を運び続けていたようだ。

クライブは香りを楽しみ、お茶を啜って息をついた。ノーマンがそっと部屋を出ていったので、ナイジェルとのことを聞かれるだろうと身構えたが、クライブは何も言わずにお茶を飲んでいた。

私から話したほうがいいのかしら。だけど、何もなかったというのも変だし…。話しだすきっかけがなかった。

「お疲れでしょう？　お揉みします」

会話がないのが気まずくて、ミュリエルはクライブの肩に手を置いた。すると、クライブがミュリエルの手を握って自分の肩から手を外した。拒絶されたのだと思った。だが、クライブは手を握ったままだった。

「書類仕事ばかりではないから、大丈夫だ」

クライブの手の温《ぬく》もりが心地よい。クライブが親指で手の甲を撫でているので、ミュリエルはくすぐったさと同時に、淫靡な感覚を覚えた。恥ずかしくて、顔が熱くなってくる。手を繋いでいるだけなのに、身体は心よりも正直なのかもしれない。

「朝早くから遅くまで働いていらっしゃるので、お身体を壊さないか心配です」

体力だけはあるんだよ、とクライブは笑った。

「それに、ハロルドも兵士たちも頑張ってくれているから」

君はもう休んだほうがいい、とクライブはミュリエルの手を放した。

手を引いて抱きしめてくれるかもしれない、愛してくれるかもしれないとちょっぴり期待していたミュリエルは、離れていくクライブの手を摑もうと自分の手を伸ばしかけて止めた。求めてくれないクライブをつれなく感じ、隔たりができてしまった気がする。

「…はい。お邪魔でしたね」

「そうではないが…、君も疲れているだろう。邸内のことで苦慮しているのだから」

マイルズの相手も慣れたし、このところマーサはミュリエルを呼びに来ないので、お茶に同席することもないのだ。

気遣ってくれるクライブの優しさが嬉しい。ミュリエルは思い切って、座っているクライブの額に口づけた。クライブは驚いた顔をしてミュリエルを見つめ、にっこり笑ってミュリエルの頬に触れた。

「私は平気です。クライブ様のほうが大変ですもの。モラード家のために無理をなさらないでくださいね」

ミュリエルが言葉をかけるとクライブの笑みが陰り、頬から手が離れる。

「クライブ様？」

「ありがとう。さあ、もう戻るといい」

突き放されたようでミュリエルは戸惑った。クライブは微笑んだが、意識して微笑んでいるように見えたのだ。

「…おやすみなさい」

「おやすみ」

チラリと顔を上げただけで書類に目を向けてしまったクライブに、ミュリエルは名残惜《なごり》しく感じながら扉を開けた。

「あのっ、また来てもいいですか？」

クライブは頷いてくれたけれど、待っているとは言ってくれなかったのだった。

ミュリエルは枕を顔の前に持ってきた。

「私は、クライブ様のお気に障るようなことを言ってしまったのですか？」

枕をクライブに見立てて話しかけ、ぎゅっと抱きしめる。

以前のように、ミュリエルは邸内でクライブの姿を捜すようになった。朝食の時間を必ず合わせたり、兵士と訓練しているところを兵舎までこっそり見に行ったりもした。

クライブは兵士たちとしゃべっていて笑う時もあるけれど、それ以外は感情を表に現すことはなく、ひとりで馬の手入れをしている時も、誰もいない回廊を歩いている時も、ミュリエルや使用人たちに向けるような笑みを浮かべることはなかった。

朝食の時も、席を立って笑顔で迎えてくれるが、どこか見えない壁があるようなのだ。ここ数日、毎晩お茶を運んでいるけれど、当たり障りのない会話で終始してしまう。

もうクライブが怖いとは思わないし、知らない人のように思えることもないけれど、クライブが微笑みの仮面を被っているような気がして悲しいのだ。

クライブ様が嫌いになったの？　あの方のお傍に行きたくないの？

心の中の自分が問いかけてくる。

「そんなことないわ。だって…、クライブ様が大好きですもの」

呟くと、胸の奥がきゅんとして、切なくなる。手を握られただけで、身体が疼くのだから。

愛してほしい。農家の夜のように、お茶を初めて運んだ時のように、激しく求められたい。

「私、馬鹿みたい。こんなに好きなのに」

枕をクライブの胸の代わりにして、顔を埋める。

好きだと言えずにずっとクライブを見つめてきた。ならばこれまでどおり、これからも見つめ続けていけばいい。自分の思いが揺らぐことはないのだから。

目が冴《さ》えてしまったミュリエルは寝るのを諦め、ガウンを羽織って庭に出た。

「見つかったら叱られてしまうわ」

敷地内や邸の周辺は、定期的に夜警の兵士が見回っている。盗賊団が出るようになってからは人数を増やし、見回る時間の間隔も短くしていた。どこかで兵士とばったり出くわすかもしれない。向こうはカンテラを持っているから、明かりが見えたら部屋に戻ろうと思った。

歩き慣れた庭だ。月明かりだけで十分明るく、カンテラがなくても支障はない。

気持ちのいい夜だ。月光に照らされた邸は寝静まっていた。

邸に沿ってぶらぶらと歩いていく。宵っ張りのマイルズの部屋の明かりも今は消えていた。

モラード家に来た当初は、明け方近くまで飲んだり食べたりして使用人たちを煩わせていたけれど、つき合うのがいつもジョンとハンス、たまに叔父という決まった相手なので飽きたのかもしれない。

「クライブ様も、もうお休みになっていらっしゃるわね」

昼と夜とでは庭の表情がまったく違う。こんな時間に外に出ることなどなかったミュリエルは、物珍しそうにあちらこちらと見て回り、庭の奥へと進んだ。

そよと風が吹き、木々の葉とミュリエルの髪を揺らした。

そろそろ部屋に戻って横にならなければ、日中眠くなってしまうだろう。そう思って、来た道を戻ろうとした時…。

ミュリエルは足を止めた。何か聞こえた気がした。風が奏でた音だったのかも、と再び歩きだそうとして、また足を止めた。確かに、どこからか音がする。

ひゅん、と空を切るような音が聞こえた。

「剣を振る音じゃないかしら」

地面を蹴るような音も、断続的にしている。音は同じ方向から聞こえてくる。盗賊ではないと思ったミュリエルは、音のするほうに足を忍ばせて近づいていった。

木立の奥、少し開けた場所で、黒い影が動いていた。向こうから見えないように、注意深くさらに近づく。木の陰から息を潜めて覗くと、誰かが剣を振るっていた。

流れるような動きは、まるで舞っているようだ。足の運びに見覚えがあった。あれは…。

クライブ様！

クライブが剣の稽古をしている姿を、ミュリエルはこれまでに何度も見た。左足を少し引きずるクライブは、足の運びに特徴があるのだ。

どうしてこんな時間に…。

右肩に担ぐように大剣を振り上げたかと思うと、斜め左下に振り下ろし、すかさず、左から右に向かって薙《な》ぎ、今度は右下から左上へと動きを止めることなく剣を振るっている。

その動きの速さは、いつも兵士たちと訓練しているものとは一線を画していた。これほど荒々しいクライブをミュリエルは見たことがなかった。あまりに激しい動きに、ミュリエルは息をするのも忘れ、ひたすらクライブの姿を追った。

フィッシャー騎士団長様と渡り合える腕をお持ちだとハロルドが言っていたけれど…。

まるで見えない敵と戦っているようだった。

そして、こんな真夜中にひとりで剣を振るうことで、自分の中に溜まった苛立ちを、紛らわせているようにも、葛藤を剣で振り払っているようにも見えた。

クライブ様は何を抱え込んでいらっしゃるのかしら。

ミュリエルに背を向けたところで、突然クライブの動きが止まった。肩を上下して、荒い呼吸を繰り返している。

「くそっ！」

クライブは剣を地面に突き立てた。

「今さらなんだ。泣き言を言うな」

クライブが絞り出すように言った。

「ここにいると、決めたのは自分ではないか」

クライブの呟きを聞いて、ミュリエルの心臓がどくどくと大きな音を立て始めた。

「彼女の傍にいるのが辛いのは、わかっていただろう。それでもいいと、納得して決めたではないか！」

はっきり聞こえた。

彼女の傍にいるのが辛い、と。

ミュリエルは血の気が引いて、しゃがみ込みたくなった。クライブに見つかってしまうと木の幹を摑んで必死に耐える。

クライブは再び剣を振り始めた。

ミュリエルは唇を嚙みしめ、その場をそっと離れた。そのままそこにいたら、大声で泣いてしまいそうだったのだ。

「クライブ様は我慢していらした」

モラード家のために身を粉にして働いてくれたのは、婚約に頷いてくれたのは、父と母から頼まれ、嫌だと言えなかったからではないか。

自室に戻り、寝台へ倒れ込んだ。

「本当は私のことが…」

ミュリエルは頭を振った。嫌いなのでは…という言葉を、頭の中から追い出そうとした。聞き間違えたのではないか。違うことを言っていたのではないか。

「いいえ、確かにおっしゃった」

ナイジェルといるところを見ても何も言わなかったのは…。

「私のことなんて、どうでもよかったから」

自分で言って、ミュリエルは嗚咽を漏らした。

クライブを心から愛している。そう、自分の思いを再確認したばかりだったのに。

どうして散歩などに出てしまったのか。クライブの姿を見なければ、このまま幸せに暮らせたのに。

「クライブ様の不幸の上に？」

モラード伯爵家のために、所領と領民を守ってくれた。父不在の現在も、モラード家を支えてくれている。

「優しくしてくださった」

クライブはよき婚約者であろうと努力していたのだろう。あれほど荒々しく剣を振るわなければならないほど、鬱屈したものを抱えて…。

恨まれても当然だと思ってきたではないか。謝っても許してくれないだろうと覚悟していたではないか。なのに、少しは好きになってくれたのかもしれないなどと、どうして自分に都合のいいように考えてしまったのだろう。

涙がどんどん溢れてくる。

クライブへの思いが出口を失い、堰《せ》き止められて渦を巻いている。辛くて苦しくてたまらない。

信じてくれとナイジェルは言った。しかし、何を信じればいいのだろうか。

ミュリエルは声を押し殺して泣いた。泣いてもどうしようもないのだとわかっていても、涙が止まらなかった。


「いっ！」

ミュリエルは伸ばしていた手を引いた。指先に棘《とげ》が刺さったのだ。

庭に出て花の手入れをしていた。何かしていないと、一日中考え込んでしまうからだ。考えたところで、妙案が浮かぶわけでもない。どことなくぼんやり作業をしているので、こうして棘が刺さるのも三度目だった。血は出ていないので、放っておいても大丈夫だろう。だが、さすがに三度も刺すと、溜息しか出ない。寝不足がたたっているのだ。

早目に横になり、長く睡眠を取ろうと努力しても、なかなか寝つけないまま日付が変わってしまう。眠っても浅い眠りで、頭の中のどこかが常に起きているようだった。

考えるのはクライブのことばかり。

クライブを苦しませたくない、解放すべきなのではないか、と考えるとすぐさま、ナイジェルが信じてくれと言ったのだから、このままでもいいのでないか、と思ったりする。

自分に都合の悪いことを考えると、きっとこうなのだから、と自分に都合のいいおあつらえ向きの答えを導き出すという問答を繰り返してばかりいて、眠れなくなってしまう。

正しい答えなど出せるはずもないのに。

目の下のクマは濃くなり、化粧でも隠せなくなりつつあった。

顔色の悪いミュリエルを心配したノーマンは、ミュリエルが寝床に入る時間を見計らって、ミルクティーを運んできてくれる。

ミュリエルづきの侍女は遠慮気味に、こんなものですけど、と古くなったハンカチで作ったサシェをくれた。マーサの腰巾着だった侍女たちも、マーサの態度が変だと気づいたようで、一緒にいることがなくなった。マーサはマイルズにかまけてばかりいるので、当然といえば当然なのかもしれないけれど…。

温かなミルクティーを飲み、枕元に飾ったサシェのよい香りを楽しんでいれば、すぐに眠れそうなものなのだが、思いどおりにはいかない。

「今夜は眠れるかしら」

真夜中に剣を振るっていた翌日も、クライブはいつもと変わらなかった。食堂でミュリエルを笑顔で迎え、椅子を引いてくれた。顔色が悪いと心配し、体調を気にかけてもくれた。

荒々しい姿は、夢だったのではないか。

「あれは現実だったのよ、ミュリエル。あの夜のクライブ様こそが…」

農家でクライブが愛してくれたこと、部屋で身体を求めてくれたこと、それこそが、自分で勝手に作り上げた夢だったのではないか、と思えてくる。

クライブの本心を知ってしまってから、彼の優しさが辛くてたまらない。返す笑みもぎこちなくなってしまい、叔母にも心配をかけている。

「お腹痛いの？」「いたいの？」

子供たちにまで気を遣わせてしまった。

ほうっと息をつき、棘で傷ついた手を見つめた。

この手に、クライブから贈られた指輪をはめる日は来ないのかもしれないと思うと、目の奥が痛くなってくる。

ミュリエルは固く目を閉じて痛みをやり過ごすと、枯れた花を摘《つ》み取り始めた。すると、ジョンがきょろきょろしながらやってきた。ミュリエルを見つけ、喜色満面で走ってくる。

「ミュリエル殿、ご覧ください。これで結婚できます！」

ジョンが懐から取り出したものに、ミュリエルは唖然とした。それは、貴族証書と指輪だったからだ。

パレネリアの貴族の家々には、その家の証となる証書と紋章を象《かたど》った指輪がある。代々受け継がれていくもので、非常に大切なものだ。モラード伯爵家にももちろん証書と指輪がある。当主が管理し、邸の外に持ち出すことはまずないと言っていい。モラード家で父以外に保管場所を知っているのは、多分、母とノーマンだけだろう。ミュリエルは邸のどこにあるのかさえ知らない。現物も一度しか見たことがなかった。

「おっしゃっている意味がわからないのですが…」

「え？」

ジョンはぽかんとした顔をした。

「手にしていらっしゃるのは、ティング子爵家の証書と紋章の指輪ですね。そんなに大事なものを、どうして持ち出していらっしゃったのですか？」

「ミュリエル殿は、マイルズ王子からお聞きになっていないのですか？」

「いったいなんのことでしょう、私は何も聞いておりません」

「そんな、てっきりお話しくださっているものだと…」

ジョンは困った顔で呟いた。

「とにかく、早くそれを持ってお帰りください」

「でも、マイルズ王子が…」

煮えきらないジョンに、ミュリエルは苛立った。

「ジョン様、わかっていらっしゃるのですか？　証書の盗難届けが出されたら、ジョン様は投獄されるのですよ」

「……投獄？　この証書と指輪は我が家のですよ」

クライブが盗賊団の征伐に出向く際、ミュリエルはモラード伯爵の旗を彼に手渡した。父の了承を得たとはいえ、あれもかなり常識外れな行動だったが、証書と指輪を邸から持ち出すのと比べたら、雲泥の差だ。

「ご当主のお許しを得たのでしょうか？」

ジョンは気まずそうな顔で視線を逸らした。勝手に持ち出してきたのだ。どこの家の当主も、そんなことを許すはずはないのだから。

証書と指輪で結婚できるだなんて、どういうつもりなのかしら。

クライブのことで頭がいっぱいなのに、マイルズは新たな頭痛の種をばら撒《ま》く。

本当にあの方は疫病神だわ！

「この時間なら、ガーデンでお茶をなさっていらっしゃるはずです。マイルズ王子のところに参りましょう」

ミュリエルはマイルズに聞くことにした。マイルズの一日の行動が読めてしまう自分が嫌になるが、ジョンでは埒《らち》が明かないのだ。

ジョンを連れてガーデンに行くと、マイルズと一緒にハンスもいた。ハンスの傍には寄りたくないが、背に腹は代えられない。

「まあ、ミュリエル様。まあまあ、ジョン様も？　ここしばらくお見えにならないので、どうなさったのかと心配しておりました」

マーサが嬉しそうに迎える。今日もマイルズの世話を焼いているようだ。

「おいでくださってようございました。ミュリエル様にお話があるのです。とても素晴らしいお話なのですよ」

「マーサ、悪いのだけど後にしてくれないかしら」

マイルズはカップを掲げ、座るがよいぞ、と言った。ハンスはにやにや笑って、座ったまま自分の隣の椅子を片手で引く。

誰が座るものですか！

ミュリエルがマイルズに問いただそうとすると、先に声を上げたのはジョンだった。

「ミュリエル殿と僕が結婚できるよう取り計らってくださると、マイルズ王子は約束してくださいましたが、ミュリエル殿は聞いていないというのです！　お話しくださったのではなかったのですか？」

ジョンが切々と訴える。

「お待ちください、ジョン様。ミュリエル様のお相手はジョン様ではございません。ミュリエル様、お話したいことはこのことなのです。お喜びください。マイルズ王子がミュリエル様を妃《きさき》にとおっしゃってくださったのです。ミュリエル様はエルゴラの王妃になられるのですよ」

寝不足だからだろうか。マーサの言っている意味が理解できない。

「王妃？　マーサ、何を言って…」

「話が違う！　どうしてマイルズ王子が！」

ジョンが叫んだ。

「ジョン様、地方子爵のご子息と一国の王子、どちらを選ぶかなど、わかりきったことではありませんか」

「僕は彼女と結婚できると言われたから、だから…」

証書と指輪を盗んできたのだ。しばらくモラード家に来ていなかったというのも、盗み出すことに腐心していたからだろう。

「諦めたほうが利口だぞ、ジョン」

「ハンス、君だってミュリエル殿と結婚したいと言っていたじゃないか」

「俺はお前のように執着してはいない。女は他にもいるからな」

ジョンは両手で証書と指輪を握りしめた。

「マーサ、待ってちょうだい。私は…」

わかっておりますよ、とマーサは笑った。

「驚かれたのでしょう。お館様も奥様も、もうすぐお戻りだと伺っております。ミュリエル様がエルゴラの王妃になられるのですから、お二人も驚かれますよ」

聞けば二人とも驚くだろう。とんでもない話なのだから。

「私には婚約者がいるのよ」

「ミュリエル殿、恐れ多いと気後れする気持ちもわかるぞ。王子の妻になるのだからのう」

「いいえ、ですから私には婚約者が…」

マイルズがひとりで言ってひとりで納得し、うんうんと頷いている。他人の話などまったく聞いていない。

「ジョン、君には期待させてしまって悪いことをしたと思っているのだ。だがのう…、おや、今日は千客万来だの」

そこに、クライブと叔父がやってきた。

「誘っても、ちっとも顔を見せてくれぬ方々がこうも勢揃いするとは。いったいどうしたことか」

「マイルズ王子、ご歓談中にご無礼いたします。ミュリエル、君も来ていたのか」

二人はお茶を飲みに来たのではないようだ。

「クライブ様、今は大事なお話をしております。ご遠慮ください」

マーサは相変わらずクライブに対して辛辣《しんらつ》だ。ミュリエルがやめるように言っても聞き入れようとしない。

「よいよい、ボウエンがいてもかまわんぞ」

マイルズが手を振ってマーサを制すると、マーサは素直に従う。主の面目は丸潰れだ。ミュリエルは恥ずかしくなって赤面した。

「そういえば、ボウエンもミュリエル殿の婿候補であった。ならば、ボウエンの意見も聞かんとな。ミュリエル殿を我が妻に迎えようと思うのだが、そちはどう思う？」

叔父があんぐりと口を開けた。

「どう思うとおっしゃられましても、私にはなんともお答えのしようがございません」

クライブの言葉に、ミュリエルは衝撃を受けた。

どうして自分が婚約者なのだと言ってくださらないの！

「決めるのは彼女ですから」

叔父は何か言いたげな顔で、微笑むクライブと青ざめたミュリエルを交互に見ている。

私とマイルズ王子が結婚すればいいと、クライブ様は思っていらっしゃるの？

この場で問いたかった。しかし、問うて、皆の前でそれを肯定されたら…。

怖くて聞けなかった。ミュリエルにとっては、嫌いだ、とはっきり言われたのと同じだからだ。

この場から逃げ出したくて、居ても立ってもいられなくなる。

マイルズ王子にはっきり断るのよ、ミュリエル。クライブ様がおっしゃってくださらないのなら、私が自分で言うの。私には婚約者がいるのだと、相手はクライブ様なのだと。それに、ジョン様の証書と指輪のことだって、まだ聞いていないじゃない。

「ミュリエル殿は清楚《せいそ》で控えめだからのう。物静かなのもいい。うるさい女は好まんのだ。金遣いも荒くないと聞いたしの。金遣いの荒い女はもっと嫌いなのだ」

「そうでございましょうとも。ミュリエル様はお淑やかで控えめな方でございます」

そうお育てしてまいりました、とマーサは嬉しそうに答えている。

「マイルズ王子、お聞きしたいことがございます」

はっきり言おうと意気込むと、緊張で声が震えてしまう。

「ミュリエル殿、わかっておるぞ、心細いのだろう。急に王妃だなどと言われてもな」

「いえ、そういう話ではござい…」

「そこで私も考えたのだがの、私がモラード伯爵家の婿に入ってやろうではないか」

とんでもない提案に、ミュリエルは頭が痛くなった。

「マイルズ王子！　ミュリエル様をお妃にというお話だったではありませんか！　ミュリエル様はエルゴラの王妃になられるのではないのですか？」

「待ちなさい、マーサ。よく聞きなさい。ミュリエルがマイルズ王子の妃になったとしてもだ、エルゴラの王妃にはなれない。エルゴラには世継ぎの王太子がおられる。国王陛下も期待を寄せていらっしゃる立派なお方だ。兄君を差し置いて、マイルズ王子が世継ぎになることはありえないんだよ」

マイルズに詰め寄ったマーサに、叔父が懇々と説明する。

「マーサ、もうやめて！」

「ですが、エルゴラ国の世継ぎは私だと、マイルズ王子がおっしゃったのです！」

マーサにはミュリエルの声が届かない。

お母様に邸を任されたのに。お任せくださいと言ったのに、私がマーサにきちんと言わなかったから…。もっと厳しく言っていれば、毅然とした態度で接していれば、こんなことにならなかったのに。

クライブが討伐から戻ってきた時に、婚約を正式に発表していればよかった。自分から、父やクライブに頼めばよかったのだ。だが、クライブに謝罪していないことが後ろめたくて、なんだかんだと言い訳しては、いろんなことを先延ばしにしてきてしまった。そのつけが回ってきたのだ。

「マイルズ王子がガイ様とともにパレネリアに来たのも、エルゴラ国王様がマイルズ王子の身を案じて、内乱のエルゴラから避難させたのだとおっしゃったのです」

「それを信じたのかね？　マイルズ王子が私たち家族についてきた経緯を、君にも話したはずだ。だいたい、国の乱れを治めようともしない世継ぎなど、ありえないだろう」

叔父は不満げにマイルズのほうを向く。

「マイルズ王子、私を謀《たばか》られたのですか！　私は、私はミュリエル様の幸せを考えてあなた様にお仕えしましたのに」

「おい、聞いていればおかしな話になっているじゃないか。どうしてマイルズ王子がモラード家に婿入りするんだ！　モラード伯爵家は俺のものになるはずではないか。俺がモラード伯爵になる話はどうなった！」

ハンスとマーサは口々にマイルズを責め始め、ガーデンは混乱状態になった。

「マーサ、謀るとはあまりな言いようではないか」

私が意気地なしだからいけなかったのはわかっているの。でも、クライブ様だって、真夜中に剣で憂さ晴らしするほど嫌いなら、はっきりおっしゃってくださればよかったのに。

婚約などしなければ、クライブも無理な笑顔を作らなくて済んだのだ。

「私と結婚することで、ミュリエル殿は幸せになれるのだぞ？　マーサ」

マーサは返事もしなかった。

「エルゴラの王子に対して無礼であるぞ」

ハンスがテーブルの上のカップを薙ぎ払い、下の敷石にぶつかって割れた。

「期待させておいて、俺を騙したのか！」

嫌いなのに、どうして私を抱いたの？　だから私、少しは愛されているかもしれないと期待して…。

「人聞きの悪いことを言うでないぞ。私は騙してなどおらん。それぞれと話をして、よいようにと…」

「だったら俺との約束はどうなる！　俺に期待していると言ったではないか！」

ハンスがマイルズに摑みかかろうとする。

「ハンス、そう興奮しては…、ぼっ、暴力はいかんぞ。誰か、私を助けんか」

叔父がハンスを止めようとし、揉み合ってまたカップが落ちて割れた。

「ハンス、君もマーサも騙されたんだよ。僕と同じだ」

ジョンが高笑いし、なんだと！　とハンスが気色ばみ、マイルズを突き放して今度はジョンに殴りかかろうとする。

ミュリエルの心の中に怒りが湧いてきた。

何もしなかった臆病な自分に一番腹が立つけれど、好き勝手しているマイルズたちや、事の発端となった盗賊団、曖昧《あいまい》なクライブやすべてを語ってくれないナイジェルにまで、誰に対して、何に対してなのか自分でもよくわからない怒りでいっぱいになる。

ミュリエルは近くにあったケーキスタンドを手にした。ハンスのせいで倒れ、すでに欠けてしまっているそれを振り上げ、思いっきり敷石に叩きつけた。

「いい加減にして！」

ミュリエルは大声で叫んだ。

ガーデンに静寂が戻った。

騒ぎを聞きつけて来たのだろう、ノーマンや使用人たちが言葉もなく惨状を眺めていた。

「マイルズ王子、私はあなたとは結婚しません。たとえあなたがエルゴラの王子でもです。私はあなたのことが好きではありません」

「なっ、なんと…」

マイルズは自分が嫌われていると、露ほども思っていなかったようだ。

「こちらから願い下げだ。こんな乱暴な娘だとは思わなかった」

「ええ、私は乱暴で我儘な娘です。庭で剣を振り回し、庭師が丹精込めた花を切り落として遊んだり、剣でクライブ様の腕を傷つけたりするような娘ですもの！」

「ミュリエル！」

クライブが止めたが、ミュリエルは無視した。

「それは、まことでございますか」

マーサは呆《ほう》けたような顔で聞いた。

「本当よ、マーサ。クライブ様の足の原因も私なの。木に登った私がクライブ様の上に落ちたの。ずっと、ずっと謝りたかったけれど、今日まで言えずに来てしまった…」

ミュリエルはクライブに向き直った。困惑した表情のクライブと視線が合う。

怖かった。けれど、今なら勢いで言えると思った。

「クライブ様、クライブ様はそんなに私がお嫌いですか？」

嫌いだとはっきり告げられてもかまわない。今日ここで、クライブを解放しようと思った。

「ミュリエル、何を言って…」

クライブは眉を寄せた。

「私がマイルズ王子と結婚してもいいと思っていらっしゃるのでしょう？」

「そんなことは思っていない」

「ですが、あなたはマイルズ王子に、私と婚約しているとおっしゃらなかった」

「幸せになれる相手を選ぶべきだと思ったから、決めるのは彼女だと言ったのだ。モラード伯爵家のために、君は無理をしているだろう？」

クライブは焦ったように早口で否定した。

「無理をしていらっしゃるのはクライブ様です。真夜中に剣を振るって憂さを晴らしていらしたでしょう？　我慢しているとおっしゃっていたわ。私と婚約したことを後悔してもいらした。私とマイルズ王子の結婚が決まれば、クライブ様は私から逃れられると思ったのでしょう？」

「…見たのか。いや、違う。違うのだミュリエル！　あれは…」

クライブは言い淀む。婿入りする立場では、自分から結婚したくないとは言えないのだ。

「いいのです。わかっています。クライブ様は私と婚約してから、ずっと無理をなさっていた。もうこれ以上、あなたに苦しい思いをしてほしくない！」

これで、自分の恋が終わったのだと思った。涙が頬を伝った。

「ミュリエル、待ってくれ。君は勘違いしている。私は…」

「ボウエン、こんな粗暴な娘はそちに譲ってやる。取り込んでいるようなのでな、私は部屋に戻るぞ。疲れてしまった」

マイルズはクライブの話を遮り、この場から逃げ出そうとする。

「待て！　俺はどうなるんだ。モラード家の所領を手に入れてやるというから、俺はリンド家の証書と指輪をあんたに渡したんだぞ！　いったいどうしてくれるんだ」

「あれは返してやる。持って帰ればよいではないか」

「返したで済まされるか！　邪魔だ、どけ！」

「きゃっ！」

逃げようとするマイルズを捕まえようと、ハンスは自分とマイルズの間に立っていたミュリエルを突き飛ばした。地面に倒れ込んだミュリエルに、マーサは悲鳴を上げた。

「ミュリエル！」

クライブが叫んだ。

「大丈夫でございますか？　ああ、血が…。申し訳ございません。ミュリエル様のお気持ちを知ろうともせず、私が馬鹿でした」

駆け寄ってきたマーサは、滂沱《ぼうだ》の涙を流した。叔父とノーマンも傍に来て、心配そうな顔で覗き込む。

「平気よ、擦り剝いただけ」

いきなり突き飛ばされ、敷石で掌を擦り剝いてしまったのだ。

「ハンス・リンド！　貴様っ！」

クライブは暴挙に出たハンスを睨みつけた。

誰かが呼びに行ったのか、ハロルドや兵士数人が走ってきた。彼らの姿を見たハンスは、腰の剣を抜くとマイルズに突きつけた。

「ひいーっ！　や、やめよ…、ハンス、話せばわかる」

マイルズはへなへなと座り込んだ。

「ハンス様！　もうおやめください」

モラード家で他国の王族が怪我をする。それがマイルズであっても大問題だ。

「うるさい！」

ノーマンや叔父たちも口々に諫めたが、ハンスは破れかぶれになっているのか聞く耳を持たない。

「ボッ、ボウエン、早く助けよ。なんとかしてくれ！」

「助けてほしいですか？」

クライブはにっこり笑ったかと思うと、笑みを消してすうっと目を細めた。

「あ、あ、当たり前ではないか。はよう、はようせい！」

「ならば、ミュリエルへの暴言を謝罪しろ」

口調も変わった。

「こんな時に何を言っておる！」

「愛する人を侮辱されたのだ。しなければ助けてなどやらん。どうなろうと知ったことか」

愛する人…？　クライブ様は私を愛する人とおっしゃった？　そう聞こえただけ？　いいえ、確かにおっしゃったわ。

嬉しかった。嘘でもよかった。皆の前でそう言ってくれたことに、ミュリエルは感極まって、再び涙が零れた。

ミュリエルは涙で揺らいで見えるクライブの姿を、一心に見つめた。クライブの顔にいつもの笑みはなく、無表情で感情が表に出ていない。

ミュリエルがよく知っているクライブだった。ミュリエルが恋したクライブがそこにいた。

クライブ様…。

「私は何も悪いことは…。お前たち、兵士のくせに見ているだけか！」

マイルズはハロルドたちに怒鳴った。

「状況がよくわからないのですが、我々はモラード家の兵士ですので、我らの姫に暴言を吐かれたのでしたら、クライブ様がおっしゃるとおり、まずは謝罪をしていただきませんと。それにですね、わっと我々が飛びかかった拍子に、剣先が首にでも刺さったら…。かなり痛いと思いますよ」

ハロルドが肩を竦めると、マイルズは口をパクパクした。

「マイルズ王子、ボウエンに助けを求めてなんとかなると思っているのか？　無理だな。モラード家の兵士も烏合《うごう》の衆だ。俺の敵ではない」

ハンスはにやりと笑い、マイルズの首筋に当てていた刃先をすうっと引く。

「ひっ…、ひぃぃぃ…。たっ、助けてくれ！　頼む。ミュリエル殿に謝る。すまなんだ。本意ではないのだ。お願いだ。死にとうない！」

マイルズは泣きながら頼んだ。

「クライブ様、助けて差し上げてください」

「ミュリエル、あれでいいのか？」

ミュリエルが微笑むと、クライブはほんの少し笑みを浮かべて頷いた。

クライブ様だわ。私の大好きなクライブ様がいらっしゃる。

「ふん、大勢で取り囲むつもりだな、ボウエン」

「いや、私がひとりで相手をしよう」

「その足で俺に勝つつもりか。ならばかかってこい！　さあ、抜け！　目にものを見せてやる」

「ミュリエル、離れていろ」

ミュリエルは叔父に抱きかかえられるようにしてクライブたちから距離を取った。ハロルドたちは手を出すつもりはないようで、遠巻きにしている。

クライブが剣を抜いた。

「ミュリエル様。クライブ様は大丈夫なのでしょうか？」

マーサは不安そうだ。

「ええ、クライブ様はお強いの。負けないわ」

信じている。きっとうまく収めてくれる、と。

ハンスはクライブと向き合った。いやらしい笑みを浮かべ、身体と剣を小刻みに動かしてクライブを挑発する。だが、クライブは微動だにしなかった。剣を構えたまま、ハンスの動きを追うただけだ。

焦《じ》れたハンスが先に動いた。横殴りに剣を繰り出し、クライブに攻め込む。クライブは見事な足さばきで避けた。ハンスは舌打ちして再び剣を構え、先ほどよりも早い動きで剣を突き出した。クライブがハンスの剣を撥ね上げ、一合、二合、三合と、二人の剣がぶつかり合う。ハンスの顔から嘲《あざけ》りの笑みが消え、次第に驚きの表情に変わっていく。

二人はいったん距離を取ったが、今度はクライブが攻め込んだ。素早い動きだった。ハンスはなんとかかわしたが、右の腕にクライブの剣先がかすった。

おお、と叔父が声を上げた。ミュリエルは血の滲んだ両手を組んだ。

ハンスは憤怒の形相になり、憎々しげな目でクライブを睨みつけた。そして、唸り声を上げて剣を振るい、何度も何度も攻め込むが、ことごとくクライブに弾かれる。クライブの動きは滑らかで淀みがない。まるで剣舞を見ているようだ。一方のハンスは足さばきが乱れはじめた。剣も大振りで、息遣いも荒くなっている。

ミュリエルが見ても、二人の力量の差は歴然だった。ミュリエルは肩に入っていた力を抜いた。ハロルドの言葉を信じていたけれど、クライブが怪我をするのではないかと不安だったのだ。そして、ハロルドが言ったことはまぎれもない事実だったのだ、と思った。

そろそろでしょうかな、とハロルドが言った。さらに、クライブの動きはさらに速くなる。ハンスは防戦一方になっていた。もう勝敗は見えていた。

クライブが剣を一閃《いっせん》した。

ハンスの手から剣が落ちた。

湯浴みを済ませたミュリエルは、自室でノーマンに怪我の手当てをしてもらっていた。マーサの姿はない。ミュリエルが謹慎を命じたのだ。大騒ぎになってしまったのだから仕方がない。今後の処遇は、父と母が帰ってきてから決めることになるだろう。

クライブが落ち着かない様子で、ミュリエルの座るソファーの周りをうろうろしていた。お座りになられては、とノーマンに言われても座ろうとしない。

「思い出されます。産気づいた奥様の傍にいらしたお館様を…」

父の姿を想像したミュリエルは、思わず噴き出した。ノーマンの言葉にクライブは足を止めたものの座ろうとせず、今度は物珍しそうに部屋の中を見回していた。

クライブ様が私の部屋においでになるの、初めてね。

「それにしても、一気に片がついたと申しましょうか、慌ただしい午後でございました」

そうね、とミュリエルは頷いた。

ハンスの剣が地面に落ちると、兵士たちが一斉にハンスへ飛びかかった。阿吽《あうん》の呼吸とでも言うのだろうか、見事な連係だった。リンド男爵家内で収められなくなっていたのだろう。男爵家から恥ずかしながらと盗難届が出ていた。ちょうどモラード家に来ていた騎士団に引き渡され、ハンスは砦に連行されることになった。手の筋を切られたハンスはクライブに負けたことが納得できないのか、最後まで毒づいていた。

騎士団がモラード家に来ていたのは、マイルズを連れに来たのだった。正しくは、砦に留め置かれていた盗賊団を、エルゴラ国境まで護送する途中で立ち寄ったのだが。

エルゴラ内乱は、王太子自らが軍部や市民たちのもとに足を運び、話し合いの場を設けて対話し、説得することで鎮静化した。マイルズが、マーサやジョン、ハンスにしたように、それぞれに都合のいい話を持ちかけて引っ掻き回したのが始まりだったから、マイルズがいないのは好都合だったのだ。王太子の国と民を思う気持ちと熱意によって争いは終結した。王太子の名はエルゴラの歴史に刻まれるだろう。

クライブと叔父は、国境沿いで暮らす両国の森の人々を頼り、エルゴラの情報収集に協力してもらっていたようだ。クライブが出かけていたのは、彼らに会いに行っていたからだろう。王太子が内乱を鎮めつつあると聞いた叔父は、貴族や軍部内の友人に王太子を助けてくれるよう働きかける手紙を出し、エルゴラ国王とも連絡を取っていた。

クライブと叔父がマイルズのところに来たのは、エルゴラ国王から来たマイルズへの手紙を渡し、帰国命令を伝えるためだった。エルゴラ国王とフィッシャー騎士団長との間で盗賊団引き渡しの話がまとまり、エルゴラ国境まで盗賊団を護送するついでにマイルズも送り返そうと話が決まっていたのだ。

騎士団長が勝手に決められるような事柄ではないのだが、王宮に通すと半年以上はほったらかしにされてしまうし、エルゴラとしても公にしたくはない。互いの利害が一致した結果、話はさくさく進んだ。

マイルズは、廃嫡《はいちゃく》が決まった。

帰りとうない！　と喚いていたマイルズだったが、面倒臭いので盗賊団と一緒の荷馬車に乗せてしまいましょうよ、とハロルドが小声で言ったのが聞こえたのか、自ら馬車に飛び乗ってエルゴラに帰っていった。ハンスを砦に連行するため騎士が数人抜けたので、ハロルドやフランシス、モラード家の兵士数人が、盗賊団を護送する騎士団についていった。

ジョン・ティングはいつの間にか姿を消していた。ハンスはジョンも同罪だと訴えていたが、クライブもノーマンも、誰も、彼のことを騎士団に話さなかった。

「さあ、これでようございます」

「ありがとう、ノーマン」

治療が終わると侍女がお茶と軽食を運んできた。ノーマンはお茶を入れると、ご用がございましたらお呼びくださいと言って部屋から出ていった。

「痛くないのか？」

擦り剝いた掌は赤くなっているけれど、大した怪我ではないのだ。

「少し。でも、すぐに治ります。お茶をいただきませんか？」

クライブはやっとミュリエルの隣に腰を落ち着けた。ミュリエルはお茶を飲んで心を落ち着けると、今日ではっきりさせよう、と身を乗り出した。

「クライブ様」「ミュリエル」

ミュリエルと同時にクライブもミュリエルを呼んだ。あ、と互いに顔を見合わせる。クライブがうっすら微笑み、君から、と言った。

ミュリエルは息を吸って吐くと、もう一度吸ってから口を開いた。

「勇気がなくて、ずっと言えないまま今日まで来てしまいました。クライブ様、ごめんなさい。ずっと謝りたかったのです。剣を振り回してあなたを傷つけたこと…」

「そんな昔のこと」

「お父様に叱られるのが怖くて、あなたに罪を着せたまま、自分だと言えなかった。それに、木から落ちたことも…」

「そのことは言うな」

クライブは厳しい口調で、眉間に皺を寄せて遮った。

怒っていらっしゃる。酷いことをしたんだもの、当然だわ。

ミュリエルが俯くと、誤解するな、とクライブは言った。

「あれは…、私にとって非常に恥ずかしい過去なのだ。助けようとして足を折るなんて、汗《かん》顔《がん》の至りだ。兄上ならば、あんな無様なことにはならなかっただろうに…」

「ナイジェル兄様は年上で、お身体だって大きかったのですから」

「比べるなと言うのだろう。わかっている。私のちっぽけなプライドの問題なのだ。もう忘れてくれ。頼む」

頼まれるとそれ以上言えなくなってしまう。ミュリエルは二度と言わないと約束した。自分のプライドだということにして、なかったことにしようとしてくれているのだと思った。

やはり、クライブは優しいのだ。こうして心を砕いてくれる。

クライブに別れを切り出さなければならないのかと思うと、胸が張り裂けそうだ。言い出すのを躊躇っていると、今度は自分の番だと思ったのか、クライブはポケットからミュリエルが贈った腕輪を出し、テーブルの上に置いた。返すということだろう。ミュリエルは腕輪を見つめた。わかっていたことだけれど、辛い。

愛する人と言ってくださったわ。一度だけだったけれど、それで十分よ。

クライブの気持ちを受け入れるしかない。とうとう別れの時が来たのだ。だが、はっきりした理由をクライブの口から聞きたかった。たとえどんなに辛く悲しくても。

「討伐が済んだら、解消を願い出るつもりで婚約を受けた。君が私と婚約したのは、モラード家のためを思ってのことだとわかっている。よい妻になれるよう努力すると君に言わせてしまった。君には無理をさせた」

「クライブ様、無理などしていません。私は…」

「わかっている。貴族の結婚はそういうものだと理解しているというのだろう。だが、君が我慢しているのもわかっているのだ。ただ、まさか君とああいうことになるとは…」

クライブは険しい顔になって言い淀んだ。

私を抱いたことを、後悔していらっしゃるのね。

「夢だと思ったのだ。目を開けたら君がいて…」

ミュリエルは涙を必死に抑え込んだ。泣いてはいけない。自分の心に区切りをつけるためにも、クライブの気持ちをはっきり聞かなければならないのだ。

「兄上の素振りを真似たのは、君が少しは喜んでくれるかもしれないと考えたからだ。それで君が納得するとは思っていなかったけれど、私にはそれしか思いつかなかった。だが…、私では兄上の代わりにはならないようだ」

当然だな、とクライブは自嘲した。

「代わり？　どうしてナイジェル兄様の真似をなさったのですか？」

ミュリエルが首を傾げると、クライブは怪訝な顔をした。

「兄上はモラード家に婿入りはできぬ。だから、私が兄上のようになれば、君も私で我慢してくれるかと…。君は兄上が好きだろう？」

「え？　ええ。幼い頃からかわいがってくださいましたから…」

「顔立ちはよく似ていると言われるのだ。だが、所詮《しょせん》、私は偽物だ…」

クライブは椅子の背凭れに寄りかかって呟いた。

「クライブ様がナイジェル兄様になれば、私が喜ぶと思ったのですか？」

「…馬鹿なことをした」

君は一途《いちず》に兄上を慕っていたから、とクライブは寂しげな笑顔を浮かべた。

「好きとか慕っているとか、私がナイジェル兄様との結婚を望んでいると思っていらっしゃるの？　違います！　結婚なんて…、いえ、ナイジェル兄様は好きですけど、実の兄が生きていたらと姿をだぶらせていただけです」

「だが、邸の者たちは皆そう話していた。二人はお似合いだと私も思ったのだ」

ミュリエルは勝手に思い込んでいるクライブに腹が立ってきた。

「私は一言も言っていないのに、どうして邸の者たちの話を信じるのですか？」

泣かないつもりだったのに、眦《まなじり》からポロリと涙が零れる。

「いや、しかし…」

「ナイジェル兄様と結婚したいと思ったことなんかないわ。私が好きなのは、結婚したいと思ったのは、クライブ様だけなのにっ！　…うっ…う、ぅぅ…」

込み上げてきた嗚咽が漏れてしまう。

「え？」

ぽかんとした顔でクライブはミュリエルを見て、酷く慌てだした。

「いや、それは勘違いだ。君は、私と結婚しなければならないと思い詰めていて…」

「勘違いなんてしていません。婚約の話が出るもっともっと前から、クライブ様だけを見てきました！　お母様がお父様を呼ぶように、私はクライブ様を旦那様ってお呼びするのをずっと夢見てきたのに！」

涙が止まらなくなったミュリエルは、両手で顔を覆った。

「あの夜、農家の麦藁の寝床でクライブ様に求められて、愛されて、私は幸せだったの。クライブ様が私のことを嫌っていらしても…」

クライブがミュリエルを抱きしめた。

「クライブ様？」

「嫌うものか！　君を愛している。ずっと、ずっと君が好きだったのだから」

「クライブ様はお優しいから、私に気を遣ってくださるのね。でも、もうご自分を解放してあげてください」

クライブの胸を押しやろうと顔を見上げると、クライブはムッとした顔をしていた。

「君だって私を信じないではないか。初めてモラード家に来た時、ようこそ、と出迎えてくれた君を見た時から、好きだったのだぞ」

「う…そ…。嘘です！　私が話しかけても、クライブ様は返事をしてくださらなかったではありませんか。だから私、クライブ様にいっぱい意地悪をして、怪我まで…。嫌われているのだとわかっています！」

クライブを突き放そうとしても、クライブは放してくれない。

「嘘ではない。嫌ってなどいるものか！　しゃべらなかったのは…、ぺらぺらしゃべるのをやめようと決めたばかりだったからだ。私の不注意な一言で、兄上がぶたれたのだ」

「えっ…」

初耳だった。

「その様子だと、兄上は話さなかったのだな。私が幼い頃はよくしゃべる子供だったことも、聞いていないのだろう」

「クライブ様が、おしゃべり？」

まったく想像できない。

「子供はよくしゃべるだろう。兄上のことがあってしゃべらないと決めたものの、子供だったから、どこからならしゃべっていいのか線引きできなくて困ったのだ。誰かと話すたび、これは言っていいのかあれはダメなのかと考えるのも面倒になってしまって、いっそ最低限の会話でいいかと実践してみると…、人というのは案外、しゃべらなくてもなんとかなるもので、この齢まで来てしまった」

君とたくさん話したいと思っていたのだ、とクライブが囁いた。

「意地悪で、我儘で、きかん気な私だったのに？」

「今の君も、幼い頃の我儘でお転婆な君も好きだ。兄上の真似をしてでも君の傍にいたかった。そうすれば受け入れてくれるかもしれないと考えた。だが、モラード家のためにという君の言葉を聞くたび、君は無理をしているのだと、私を愛してくれることはないのだと思った。君を抱いてしまったから余計に辛くて苦しくて、君が欲しくて…」

だから、夜中に剣を振っていたのだとクライブは言った。

ミュリエルは自分からクライブに抱きついた。

「ナイジェル兄様みたいに笑ってくださらなくていい。いつものクライブ様が好きなの」

「不愛想でもいいのか？」

「どんなクライブ様も好きなの」

クライブは破顔するとミュリエルに口づけ、身体を弄《まさぐ》る。

「こんなことをしたいと思っている私でも？」

胸の膨らみを探り、すでに尖っている乳首を指先で削る。

「あんっ」

「君が欲しくてたまらない」

「クライブ様に触れられると、私…」

ミュリエルは身体をもじもじさせた。深部が疼いてどうしようもなかった。これを宥《なだ》められるのはクライブだけだ。ミュリエルは誘うように自分から口づけた。

「私を誘惑しているのかい？」

クライブの瞳の色が変わった。激しい衝動を抑え込んでいるのがわかる。自分を求めているのだと思うと、見つめられただけで、ミュリエルの身体がぶるりと震えた。視線だけで、犯されたような気がして、蜜壺が潤いだす。

ミュリエルはテーブルの上の腕輪をクライブの腕にはめなおし、その手を自分の乳房に押し当てた。

「ミュリエル…」

クライブの手が、ちぎり取ってしまいそうなくらい強く乳房を掴んだ。

「くぅっ…つぅ…」

痛い。しかし、その痛みはクライブが自分を求める強さなのだと思うと、その痛みすら快感に変わる。

「あぁ、クライブ様」

「君を壊してしまいそうだ」

今度は乳房の丸みを楽しむように、優しく揉みしだく。

「もう硬くなっている」

生地を押し上げる乳首を、親指の腹で膨らみの中に押し込んだ。ミュリエルの全身を快感が駆け巡る。

身体の疼きを我慢できなくなったミュリエルがクライブにしがみつくと、クライブはミュリエルを抱き上げ、ミュリエルの寝室の扉を蹴散らすように開けた。

互いの衣服を脱がし合うのはとても恥ずかしいことだったけれど、とても神聖な行為のように思えた。

クライブはミュリエルを抱きしめ、寝台に押し倒すと、唇への濃厚な口づけを与えてくれた。そしてその後は、身体中に口づけを降らせた。

長い袖を着なければ隠せない手首の内側や、太腿の内側などクライブにしか見せないであろう場所まで、ありとあらゆるところにクライブの唇と舌が這った。

臀部の丸い丘も、乳房の膨らみも、もちろん、赤く色づいた乳首も、舐めしゃぶり、強く吸い上げ、甘く嚙み、これでもかと印を刻まれた。

刻むたびに、愛している、とクライブが囁く。クライブの愛が身体中にちりばめられていくのが嬉しい。だから、愛しています、とミュリエルは返した。そんな一言で片づけてしまえる程度の思いではないけれど、一言でも多く、クライブに思いを伝えたがった。

これまで伝えられなかった溢れるほどの思いを、すべてクライブに届けたくて。

そして、今は…。

「やぁっ…、ぁぁあんっ、ひいっ」

愛しているの代わりに、ミュリエルは嬌声を上げていた。

白い太腿を左右に大きく開き、秘めたる場所をクライブの眼前にさらけ出して…。

クライブの舌先が隠花の花弁をちろちろとくすぐり、執拗に花開かせようとしている。蒸れた蜜壺からはすでに蜜が絶え間なく流れ出していて、クライブの昂りが入ってくるのを今か今かと待ちかねているというのに、花弁への愛撫は終わりそうもない。

「クライブさ、まっ！　もうっ、あっ！」

中を弄ってほしいとは恥ずかしくて言えない。だが、身体はもう限界に達している。あの場所は、怪しく蠢いてクライブを誘っているはずだ。勝手にぴくぴくしているのが自分でもわかるのだから。

「欲しいのか？」

叢《くさむら》の向こうにクライブの顔が見える。

「言わないとわからない」

クライブは蜜壺の入り口から叢までの窪《くぼ》みを、舌先でなぞっていく。

「ああ…、っふぅ」

「言って」

叢に鼻先を突っ込んで、膨らんだ花芽を舐めしゃぶる。

「つゃぁん……」

ミュリエルはクライブの舌使いに身悶え、腰を揺らめかせた。

「どうしてほしい？」

「ひっ、……はぅ」

クライブの吐息が敏感な場所を撫でるだけで感じてしまう。

自分のすべてはクライブのものなのだから、クライブに何をされてもいい。好きなだけ貪ればいい。いくらでも、何度でも、クライブが欲しいだけ、ミュリエルは自分の身をクライブに捧《ささ》げられる。

けれど、羞恥心だけはどうしてもなくすことはできない。

「いやっ、クライブ様の意地悪っ！」

膨れて叫ぶと、意地悪しているつもりはない、とクライブが笑った。

「怒らないでくれ。君の口から言ってほしい」

「恥ずかしい…」

「恥ずかしいことなんてない。お願いだ、ミュリエル」

真摯《しんし》に頼まれると、言えない自分が悪いように思えてくる。

「さあ」

「……中を」

「中を？　どうしてほしい？」

「中を弄って」

クライブの指が、つぷっと音を立てて蜜壺に差し込まれ、肉の壁を探った。

「ああ……」

「なんていやらしいんだ。私の指に絡みついてくる」

自分でもわかる。肉筒がクライブの指を締めつけているのだ。

「クライブ様」

「もっと欲しいのか？」

ミュリエルは頷いた。

指が増やされて、肉筒をかき回される。指の動きに呼応して、ミュリエルの肉筒はクライブの指を食み、クライブはさらに強く肉の壁を削った。

弱いところをクライブは知り尽くしている。指の先で押されると、身体が跳ねて、蜜がクライブの掌にまで滴ってくる。

「つ、…んっ…ん……ぅ」

「ああ、ミュリエル。君はなんで淫らなんだ」

いやらしい身体になってしまった自分が、恥ずかしくて死にそうだ。

「ごめんなさい、私っ…」

「どうして謝る？　こんなに私を求めてくれているのに。嬉しくてたまらない。私は君が望むことならなんでもする」

　クライブ様も、私と同じように思ってくださっているの？

　嬉し涙が零れてくる。

「ミュリエル、嫌だったのか？」

　ミュリエルは頭を振った。そして、羞恥をかなぐり捨ててねだった。

「クライブ様が、……欲しい。もっと、もっと欲しいの」

　クライブは一瞬言葉に詰まり、固く目を閉じた。再び目を開けた時には、クライブの目は涙で赤くなっていた。

「ミュリエル、愛している。他には何もいらない。心から、君だけを」

　クライブはミュリエルの金色の髪を優しく撫で、誓いの口づけをくれた。ミュリエルもそれに応えるようにクライブの首に腕を巻きつけて口づける。

　固く抱き合い、触れ合った肌で互いの思いを伝え合う。肩口に顔を埋め、クライブの匂いに包まれる。その香りを思いっきり吸い込むと、身体の疼きが一層増してくる。

「ああ、君の香りは私を興奮させる媚薬《びやく》だ」

　クライブも同じなのだ。

「私も…、クライブ様の匂いが好き」

太腿に触れていたクライブの昂った分身が、さらに熱を持った。すでに先端から先走りが零れているのか、ぬるりとしたものが太腿に擦りつけられている。

クライブに促され、ミュリエルは両脚を左右に開いた。恥ずかしくないわけではないけれど、自分すら知らない身体の奥までクライブは知っているのだ。そして、これからひとつになるのだと思うと、戸惑いも躊躇いも喜びで覆い尽くされた。

蜜でしとどに濡れた隠花を晒し、ミュリエルはクライブを待った。クライブはミュリエルの両脚をさらに割り広げて、昂りの先端で隠花をくすぐる。互いの蜜が混じり合い、卑猥な音を響かせた。

ミュリエルの身体が震えた。これから自分にもたらされる快感を待ち望んでいるのだ。ミュリエルはクライブのすべてを受け入れるべく、身体の力を抜いた。

クライブはミュリエルの脚を抱え込むようにして、昂りの先端を肉筒の中に埋め込む。ぐっと身体の中にクライブが入り込んでくる。そして、ミュリエルの身体を気遣うように、ゆっくりと肉筒を削りながら奥に進んでいく。

「ああ……」

昂りの先端が最奥まで到達したとき、ミュリエルは喜びの涙を零した。

そして、思わず口から出たのは……。

「夢みたい」

「夢のようだ」

クライブの言葉が重なった。

二人は見つめ合い、これは夢ではないのだと微笑み合った。

「愛している、ミュリエル。年老いても、骨になって朽ち果てても、私は永久に君を愛しているよ」

人を愛するのは怖い。自分の思いが相手に伝わらなければ、苦しいだけだ。

もっと早くクライブに思いを伝えていれば、こんな思いをしなくてもよかったのかもしれない。クライブが好きだと告白してくれていたら、ミュリエルはすぐにクライブの胸に飛び込んでいただろう。

だが、苦しみを知ったからこそ、今の喜びがあるのだ。こうして互いの思いがひとつになった時の喜びはとても大きく、とても価値のあるものなのだから。

死が二人を分かつまで。

死してもなお、クライブは自分を愛すると言ってくれた。

そこまで自分のことを愛していると言ってくれるのは、クライブだけだろう。

クライブを愛しく恋しく思う。思いが強すぎて、身体から炎が上がり、燃えて灰になってしまうのではと怖くなるほど、心の奥からクライブへの思いが溢れてくる。

その思いは秘めていてはいけないのだ。きっとわかっていてくれると思ってもいけないの

だ。体温がひとつになるほど傍にいても、伝えなければ。

身体が破裂してしまいそうなほどの、この思いを。

「大好き。クライブ様、愛しています。あなただけ、あなただけなの」

「ミュリエル」

ミュリエルが手を伸ばすと、傷ついた手にクライブが口づけ、それを合図に動き出した。

腰からぞくぞくするものが背中を這っていく。

「…はぅ…」

「ミュリエル、苦しいのか？」

「いいえつ、ぁぁぁ…」

肉壁を昂りの張り出した部分が削っていくと、腰から下が蕩《とろ》けそうになる。

クライブが引きずり出した分身を、再び奥へと突き入れる。目眩《めまい》がするほどの快感に、ミュリエルは嬌声を上げた。

「ああ、クライブさ、まっ……やぁん！」

「ここか？」

クライブはミュリエルが感じる場所を昂りで執拗に擦る。

「いいのか？」

たまらなくて、ミュリエルは髪の毛を振り乱す。

「いいっ、……くぅ……、あっ……、やあ、そこ、もおっ！」

蜜壺からは蜜が尽きずに流れ出て褥《しとね》を濡らし、擦られた肉壁は昂りを締めつけてクライブを煽った。クライブの分身はミュリエルの中で暴れ狂い、ミュリエルはその昂りに乱され、白い身体を躍らせた。

互いの動きは心と同じようにひとつになる。互いの思いのたけをぶつけるように快感を貪り合う。

幾度も達し、蜜壺の中はミュリエルとクライブの蜜が混ざり合っていた。肉壁はとろとろに溶けて、クライブの昂りを離すまいと絡みついた。

クライブは果てることなくミュリエルを求め、攻め続けた。ミュリエルは時々意識が混濁しながらも、求められるままに身体を開き、もっと、と自らもクライブを求めた。

意識が遠のいていく。

愛しているというクライブの声だけが聞こる。

愛しています、クライブ様。

ミュリエルは微笑みを浮かべ、真っ白な世界に溶けていった。

二日後、父と母がボウエン家の温泉から帰ってきた。

ガーデンは片づけられた。マイルズの荷物も、ノーマンが翌日のうちに送ってしまったので、モラード伯爵家は元の姿に戻っていた。

父は温泉の中で身体を動かしたことで、杖《つえ》を突くことも、誰かの手を借りることもなく歩けるようになっていた。右腕も、ほんの少しだが動かせるようだ。ボウエン伯爵とたくさん語り合ってきたのだろう。すっきりした顔をしていた。

これからは母と馬に乗ったり、森を歩いたりして、以前の体力を回復させるのだと息巻いている。前向きな以前の父に戻ったことが嬉しい。

母は温泉の効果か、肌がつるつるになっていた。父の心配ばかりして、自分のことは二の次だったから、元の美しく健康的な母に戻ってくれただけで、温泉に送り出してよかったと思った。温泉も効いたのだろうが、父の回復が、母の元気に繋がったのだろう。

ミュリエルも、クライブと思いが通じてから、あっという間にクマが消えてしまったから。

愛されすぎて、若干疲れ気味ではあったけれど…。

「ミュリエル、しばらく見ないうちに美しくなったわね」

母はふふふと笑った。父は今さら何を言っているのだ、と怪訝な顔をしたけれど、母にはすべてお見通しなのかもしれない。クライブと二人で顔を赤らめてしまった。

マイルズがエルゴラに帰ったと聞き、父も母も驚いたけれど、自分が不在でも邸は順調だったのだな、と父は褒めてくれた。

悶着があったことを報告するのは憂鬱だ。だが、一番の憂鬱は、母のお気に入りだったケーキスタンドを割ってしまったことだ。

クライブがぎゅと手を握ってくれた。一緒に謝ってあげるよ、と言ってくれているのだ。

言葉を交わさなくても、こうして手を握るだけでわかり合えることもある。きっと今クライブの顔を見れば、微笑んで自分を見下ろしてくれているのだろうということも。

繋いだ手から、クライブの愛が流れてくる。

幸せだと思った。こんなに幸せでいいのか、と。

「いいのだよ」

クライブが小さく囁いた。驚いて見上げると、クライブがうっすらと笑みを浮かべた。

クライブは以前のクライブに戻った。戻ったというよりも、二つが融合したような感じになった。それはとても自然で、これが本来のクライブの姿なのかもしれないと思う。

叔母家族はエルゴラに戻ることになった。エルゴラ国王から望まれ、子供たちも帰りたいとねだったからだ。クライブが一緒に来ないと知った時はここに残ると泣いたけれど…。

叔父はパレネリアの王都に店を開く野望は持ち続けているようで、数年後には店を出すつもりのようだ。

マーサは…。

自ら自分のしたことを父と母に話した。そして、モラード伯爵家から出ていくこととなった。その代わり、マーサは叔母家族とエルゴラに行くと決まった。叔母の子供たちの乳母として、ウエスト家に迎え入れられたのだ。マイルズを連れてきてしまった叔父の、謝罪の形なのだろう。

馬車からずっと手を振り続けるマーサに、ミュリエルも手を振り続けた。彼女が自分に与えてくれたたくさんの愛は本物だったのだから。また会える日も来るだろう。そう願っている。

所領に平和が戻ったこと、父が元気になったこと、そして、ミュリエルとクライブの正式な婚約発表もすべて合わせ、改めてモラード家で祝いの会が開かれた。駆けつけたナイジェルは、ミュリエルとクライブが並んでいる姿を見て破顔し、よくやった、となぜかクライブを褒めた。

ハロルドは秘蔵の葡萄酒にやっとありつけると大喜びし、兵士も使用人も、台所頭の料理に舌鼓を打っている。

ミュリエルとクライブは二人で庭に出た。

苦しい思いを抱えていた時と同じ、月明かりの夜だ。月の光を頼りに、二人は庭をぶらつく。

「クライブ様」

「ん？」

「私はお母様のような伯爵夫人になれるでしょうか」

マーサの過ちは、自分の至らなさが招いたとミュリエルは思っていた。もっとしっかりしていれば、マーサはモラード家を離れなくてもよかったのではないか、と。

クライブはミュリエルの手を取ると、指先に口づけた。この手に指輪をはめてもらうのは、もう少し先だ。けれど、あっという間にその日は来るだろう。

「不安なのかい？　私も後継者としてモラード伯爵家を守り立てていけるか、不安だよ」

「クライブ様も？」

「ああ、でも君が傍にいてくれる。そして、君には私がいる」

邸のほうから歓声が上がった。何か面白いことでもあったのだろうか。父とハロルドの大きな笑い声が響いている。

「モラード家の皆も」

クライブが微笑んで、ミュリエルの手を強く握った。その優しい瞳は、大丈夫だよ、と言っていた。

「ええ」

ミュリエルは微笑むとクライブに寄り添う。

二人は美しい月を見上げた。

旦那様の葛藤

Honey Novel

ああ…、なんていい夢だったのだろう。

彼女から口づけてくれる夢は初めてだった。口移しに水を飲ますような場面を、自分が想像できるとは思いもよらなかった。想像すればするほど、想像力は豊かになっていくのだろうか。想像というよりも、妄想だな、とクライブは心の中で笑った。

彼女を抱きしめる。彼女の唇を奪う。彼女を凌辱《りようじよく》する。これまで幾度、そんな妄想をしてきたことだろう。

金に染めた絹糸のような髪、柔らかな唇、滑らかな白い肌に甘い嬌声《きようせい》。そして、淫《みだ》らな秘めたる場所。夢だとわかっていても、暴走を止められなかった。どうせ夢なのだから、思う存分貪《むさぼ》り尽せばいいとばかりに求めた。

未《いま》だ、彼女の温《ぬく》もりが残っている気がする。目を開けたら霧散してしまいそうで、クライブは目を閉じたまま夢の余韻に浸り、まどろんでいた。

ふと、もう朝なのだろうか、と思った。いつ寝床に入ったのか記憶が曖昧《あいまい》だ。疲れが溜まっているからだが、いつまでもこうしてはいられない。クライブは渋々目を開けた。

見知らぬ天井に目を細め、ここはどこだ、と何気なく視線を横にやって、クライブはぎょっとした。さっきまで思い描いていた金の絹糸が肩口にあったからだ。すうすうと寝息をたてているミュリエルがいた。

クライブは飛び起きそうになり、奇跡的に自分の身体を押さえ込んだ。目だけを動かして辺りを見回し、いったい全体どうなっているのだと自分自身に問うた。

なぜミュリエルがいるのだ。それも、一糸まとわぬ姿で…。

クライブは茫然《ぼうぜん》とした。

夢ではなかったのか。あれは、現実だったの…か？

婿として自分に白羽の矢が立ったのは、必要に迫られてのことだったと理解している。盗賊団が来なければ、違った選択があっただろう。だが、この状況下だ。モラード伯爵が自分を選んだのは至極当然のことだと思った。

結婚の申し込みを受けたものの、盗賊団を捕らえた後、クライブは婚約解消を申し出るつもりでいた。自分と結婚してもミュリエルは幸せにはなれない。解消することが最善の方法だと思ったのだ。

ミュリエルを愛している。初めて会った時から彼女が好きだった。我儘《わがまま》でお転婆で自己中心的な娘だったけれど、それすらもかわいいと思えるほど、なぜか強く惹《ひ》かれたのだ。

ミュリエルは私を毛嫌いしているというのに…。

クライブは自嘲《じちょう》した。

ミュリエルはクライブの兄ナイジェルを慕っている。クライブたちがモラード家に行くと、ミュリエルは邸から走り出してきてナイジェルを迎え、常にナイジェルの後をついて回っていたから、誰の目にも明らかだった。

ナイジェルは賢く社交的で、いつも人の輪の中心にいる。ボウエン伯爵家を継ぐのにふさわしい貴公子で、クライブの自慢の兄だ。ミュリエルが惹かれるのは当然なのだ。

クライブはミュリエルを起こさないよう、そっと起き上がり、小さな溜息《ためいき》をついた。

父に連れられてモラード家に来た当初は、ミュリエルも自分を嫌っていなかったと思う。彼女から話しかけてきたし、一緒に遊んでもいた。だが、次第に声をかけてこなくなり、いつしか避けられるようになってしまった。話しかけても、クライブが答えを返さなかったからだ。

クライブが寡黙になってしまったのには理由があった。

クライブとナイジェルは妾腹《しょうふく》の出だ。実母は父の愛妾《あいしょう》のひとりで、クライブが三歳になる前に亡くなった。ボウエン伯爵夫人には子ができず、他の愛妾にも子がいなかったので、クライブたちはボウエン伯爵家の跡継ぎとして引き取られた。

義母となった伯爵夫人は非常にできた女性で、クライブたちを温かく迎え入れてくれた。優しく、時に厳しく接し、我が子のように慈しんでくれた。仲睦《なかむつ》まじく暮らしていたので、クライブたちが妾腹の出だと知らない者も多い。

モラード伯爵夫人に『いいわね、クライブ』と言われると、義母に言われたような気がしてつい頷《うなず》いてしまうのは、二人の人となりが似ているからだろうか。

実母の記憶がほとんどないクライブにとって、ボウエン伯爵夫人こそが母だったのだ。

その義母もクライブが七歳の時に亡くなった。ナイジェルにはよき伯爵となるよう、クライブには兄を助けて伯爵家を守《も》り立てるよう願って…。

悲しくて何日も泣いた。そして、義母が自慢に思うような人間になろうと心に誓った。

義母が亡くなった翌年、父は再婚した。当時父は四十半ば、新たに伯爵夫人となった人は王族の傍系《ぼうけい》で、まだ十四歳だった。十二歳で一度結婚し、なんらかの事情があったのか、十四歳で婚家を出て父のもとに嫁いできた。

彼女は非常に気位が高く、クライブたちを妾腹の出だと蔑《さげす》み、いずれボウエン家を出ていくようにと言った。

ボウエン家ではすでにナイジェルを世子として届け出を済ませていて、よほどのことがない限り覆されることはないのだが、クライブはそんなことを知る由《よし》もなく、ボウエン伯爵家を継ぐのは兄上だと反論して歯向かった。クライブに腹を立てた彼女は顔を真っ赤にして扇を振り上げ、庇《かば》ったナイジェルがぶたれたのだ。

ナイジェルは気にするなと言った。しかし、自分の一言で兄を傷つけてしまったことを、クライブは悔いた。それまではよくしゃべる子供だったが、正しいことを言ってもぶたれたことで、口を開くのを躊躇《ためら》うようになってしまったのだ。

これは言ってもいいのか。ダメなのか。悩みだすと、言葉が出なくなってしまう。父や邸の使用人たちが、身体の具合が悪いのではないかと心配するほどに。結局、しゃべらなければいいのだという考えに達し、以来、非常に口の重い子供になった。

ミュリエルがきれいなリボンを結んだ髪をしきりに弄《いじ》っていれば、髪形やリボンを似合うと言ってほしいのだろうと察するけれど、きれいな色のリボンだとか、似合っていると言うのが正しいのか、言おうか言うまいか、と悩んでいるうちに、ミュリエルは機嫌を損ねて離れていってしまう。じっと見つめているだけで何も言わないのだから、無理からぬことだ。

ミュリエルはまだ眠っていた。顔にかかる髪を取ろうと手を伸ばしかけ、やめた。ミュリエルの身を汚してしまったことが重くのしかかってくる。

ミュリエルの恋が成就することはない。ナイジェルもミュリエルも、それぞれの伯爵家を継がねばならないからだ。ミュリエルもそれをわかっているから、モラード家のために嫌いな男と婚約し、よい妻になるよう努力するとまで言ったのだろう。

ミュリエルの心の内を想像すると、切なくなってくる。

私は彼女のために何ができるのだろうか…。

頭の中に浮かんだのは、ミュリエルが好きな兄のようになることだった。

私が兄上のようになれば…。

自分のことを好きになってくれるだろうかと思い、いいやそんなことはありえないと打ち消す。

私のことなどどうでもいい。それでミュリエルの心が少しでも救われるのなら…。

人々と冗談を交えて会話をしなければならない。常に笑みを湛《たた》えていなければならない。できるのか？

ミュリエルが身動《みじろ》ぎした。はっとして目を向けると、緑色の瞳《ひとみ》が自分を見つめていた。

「クライブ様、おはようございます」

掠《かす》れた声に、なんてことをしてしまったのか、と動揺する。

落ち着け、クライブ・ボウエン。兄上を思い出すのだ。兄上はいつもどんなふうに微笑《ほほえ》んでいた？　どうミュリエルに話しかけていた？　いつも見ていたのだ。見ていたとおり、覚えているとおりに。さあ、口角を上げろ。

クライブは息をひとつついた。

「おはよう」

クライブは柔らかな笑みを浮かべた。

愛するミュリエルのために…。

あとがき

こんにちは、早瀬亮です。

三十六色の色鉛筆と、二十四色の水彩色鉛筆を持っています。水彩の方は芯先がまったく減っていないし、実際使った記憶がありません。自分でもなんで買ったんだろうと首を傾げています。絵手紙でも描いたろか、と思った時期があったので、その時に買ったのかなぁ。

使わないのはもったいないので、塗り絵の本を買いました。最近ブームなのか、本屋さんにたくさん並んでいますね。パラパラと中を見ながら、こんな色で塗ると面白いかもしれないと想像しつつ、すでに四冊目。

四冊とも、まだ一ページも手をつけていません。

当たり前すぎる色もつまらないし、かといって奇をてらいすぎるのも、と躊躇して手が出せず、絵だけ楽しんでいます。誰かに見せるわけでもないのだから、好きに塗ればいいんですけどね。


さて、今回は芦原モカ先生とご一緒させていただきました。

落ち着きのあるクライブと、かわいいミュリエルをありがとうございます。腕輪がなんとも煌びやかでステキです。

煌びやかといえば、マイルズ王子のラフを見て、担当様と盛り上がりました。マイルズのカラーも見てみたかった。

芦原先生ありがとうございました。


この本に携わってくださった方々にお礼申し上げます。

担当様には、芦原先生が描いてくださったマイルズを贈ります。色塗ってください。

そして、手に取ってくださった皆様、ありがとうございます。少しでも楽しんでいただけたら嬉しいです。

早瀬亮

早瀬亮先生、芦原モカ先生へのお便り、
本作品に関するご意見、ご感想などは
〒101-8405
東京都千代田区三崎町2-18-11
二見書房　ハニー文庫
「ミュリエルの旦那様」係まで。

本作品は書き下ろしです

Honey Novel

ミュリエルの旦那様《だんなさま》

【著者】早瀬亮《はやせりょう》

【発行所】株式会社二見書房
東京都千代田区三崎町2-18-11
電話　03(3515)2311［営業］
　　　03(3515)2314［編集］
振替　00170-4-2639
【印刷】株式会社堀内印刷所
【製本】ナショナル製本協同組合

落丁・乱丁本はお取り替えいたします。
定価は、カバーに表示してあります。

ISBN978-4-576-16060-3

http://honey.futami.co.jp/